Diogenes Taschenbuch 24761

de
te
be

AMÉLIE NOTHOMB, geboren 1967 in Kobe, Japan, hat ihre Kindheit und Jugend als Tochter eines belgischen Diplomaten hauptsächlich in Fernost verbracht. In Frankreich stürmt sie mit jedem neuen Buch die Bestsellerlisten und erreicht Millionenauflagen. Ihre Romane erscheinen in über 40 Sprachen. Für *Mit Staunen und Zittern* erhielt sie den Grand Prix de l'Académie française, für *Der belgische Konsul* den Prix Renaudot 2021 und den Premio Strega Europeo. Amélie Nothomb lebt in Paris und Brüssel.

Amélie Nothomb

Der belgische Konsul

ROMAN

Aus dem Französischen von
Brigitte Große

Diogenes

Die Originalausgabe erschien 2021 bei Albin Michel, Paris,
unter dem Titel ›Premier sang‹

Die deutsche Erstausgabe erschien 2023 im Diogenes Verlag
Covermotiv: Gemälde von Christopher Thompson, ›Beach v‹,
mit freundlicher Genehmigung
der Pontone Gallery Ltd, London

Die auf S. 79 zitierte Stelle aus »Das trunkene Schiff« von
Arthur Rimbaud stammt aus »Sämtliche Dichtungen.
Zweisprachige Ausgabe«, dtv 2004, Übersetzung von
Thomas Eichhorn

Veröffentlicht als Diogenes Taschenbuch, 2024

www.diogenes.ch
40/24/36/1
ISBN 978 3 257 24761 9

»Mein Vater ist ein großes Kind,
das ich als kleines Kind bekam.«
Sacha Guitry

Ich werde vor das Erschießungskommando geführt. Die Zeit dehnt sich, jede Sekunde dauert hundert Jahre länger als die davor. Ich bin achtundzwanzig Jahre alt.

Der Tod vor meinen Augen hat das Gesicht der zwölf Vollstrecker. Üblicherweise ist unter den ausgeteilten Waffen eine blind geladen. So kann jeder sich für unschuldig an dem zu verübenden Mord halten. Ich bezweifle, dass dieser Tradition heute Respekt gezollt wird. Keiner dieser Männer scheint den Wunsch nach möglicher Unschuld zu verspüren.

Als ich vor rund zwanzig Minuten hörte, wie jemand meinen Namen schrie, war mir sofort klar, was das bedeutete. Und ich schwöre, ich habe vor Erleichterung geseufzt. Wenn ich getötet werde, muss ich nicht mehr reden. Seit vier Monaten verhandle ich um unser Überleben, vier Monate endloser *palabres,* um unsere Ermordung hinauszuschieben. Wer wird jetzt für die Geiseln eintreten? Ich weiß es nicht, und das macht mir Angst, aber ein Teil von mir ist erleichtert: Endlich werde ich schweigen können.

Aus dem Fahrzeug, das mich zum Denkmal brachte, sah ich die Welt und wurde ihrer Schönheit gewahr. Schade, dass ich diese Herrlichkeit verlassen soll! Schade vor allem, dass ich achtundzwanzig Jahre brauchte, um dafür empfänglich zu sein.

Ich wurde aus dem Lastwagen geworfen, und die Berührung der Erde begeisterte mich: Wie ich diesen freundlichen, zärtlichen Boden liebe! Welch bezaubernder Planet! Ich könnte ihn, scheint mir, jetzt um so viel mehr schätzen. Aber das kommt ein bisschen spät. Beinahe hätte ich an der Vorstellung Gefallen gefunden, dass meine Leiche in ein paar Minuten darin verscharrt werden würde.

Es ist Mittag, die Sonne wirft ein unerbittliches Licht, die Luft ist schwer von berückenden Pflanzendüften, ich bin jung und gesund, wie dumm, ausgerechnet jetzt sterben zu müssen! Bloß keine historischen Reden, ich träume von Stille. Das Knallen der tödlichen Schüsse wird mir in den Ohren wehtun.

Dabei habe ich Dostojewski um seine Erfahrung mit dem Exekutionskommando beneidet! Jetzt ist es an mir, diesen inneren Aufruhr zu erleben. Nein, ich will nicht zu Unrecht sterben, ich fordere noch einen Augenblick, jeder Moment ist so intensiv, allein das Verrinnen der Sekunden versetzt mich in Trance.

Die zwölf Männer legen auf mich an. Sehe ich jetzt mein Leben an mir vorüberziehen? Das Einzige, was ich empfinde, ist eine ungeheure Erregung: Ich bin lebendig. Jeder Moment ist bis ins Unendliche teilbar, der Tod kann mich nicht einholen, ich versinke im harten Kern der Gegenwart.

Die Gegenwart begann vor achtundzwanzig Jahren. In den allerersten Anfängen meines Bewusstseins sehe ich schon meine unbändige Freude zu leben.

Unbändig, weil unanständig – um mich herum herrschte Trauer. Ich war acht Monate alt, als mein Vater bei einem Unfall ums Leben kam. Was zeigt, dass Sterben bei uns eine Familientradition ist.

Mein Vater war Soldat. An diesem Tag sollte er Minenräumen lernen. Doch die Übung war schnell vorbei – irrtümlich lag da eine echte Mine statt einer Attrappe. Mein Vater starb Anfang 1937, mit fünfundzwanzig Jahren.

Zwei Jahre davor hatte er meine Mutter Claude geheiratet. Es war die große Liebe, die man damals in den gehobenen Kreisen Belgiens lebte wie im neunzehnten Jahrhundert: mit Zurückhaltung und Würde. Fotos zeigen ein junges Paar, das durch einen Wald reitet. Meine Eltern sind sehr elegant, schön, schlank und verliebt. Wie einem Buch von Barbey d'Aurevilly entsprungen.

Mich wundert, wie glücklich meine Mutter darauf wirkt. So habe ich sie nie gesehen. Ihr Hochzeitsalbum endet mit Bildern von einer Beerdigung. Offensichtlich hatte meine Mutter anfangs vor, sie später zu beschriften, wenn sie Zeit dafür hätte. Aber ihr war die Lust vergangen: Ihr Leben als glücklich verheiratete Frau hatte nur zwei Jahre gewährt.

Mit fünfundzwanzig legte sie sich eine Witwenmaske zu, die sie nie wieder ablegen sollte. Selbst ihr Lächeln war erstarrt. Härte überzog ihr Gesicht und beraubte es seiner Jugend.

»Immerhin haben Sie ein Kind zum Trost«, hieß es in ihrer Umgebung.

Wenn sie dann den Kopf zur Wiege hindrehte, sah sie ein hübsches, zufriedenes Baby, dessen Heiterkeit ihren Mut sinken ließ.

Anfangs hatte sie mich geliebt. Ihr erstes Kind war ein Junge, alle hatten ihr gratuliert. Inzwischen wusste sie, dass ich nicht ihr erstes, sondern ihr einziges Kind sein würde. Die Vorstellung, dass sie die Liebe zu ihrem Mann durch die Liebe zu einem Kind ersetzen sollte, empörte sie. Natürlich hatte ihr das keiner so gesagt. Aber sie hatte es so verstanden.

Claudes Vater war General. Er fand den Tod seines Schwiegersohns akzeptabel und sagte nichts dazu. Der große Schweiger passte zu seiner Armee.

Claudes Mutter war eine sanfte, zärtliche Frau, der das Schicksal ihrer Tochter im Herzen wehtat.

»Du kannst dir deinen Kummer ruhig von der Seele reden, mein armer Schatz!«

»Hör auf, Mama. Lass mich leiden!«

»Leide nur, leide ordentlich. Das dauert seine Zeit. Und dann wirst du wieder heiraten.«

»Sei still! Niemals werde ich wieder heiraten, verstehst du, niemals. André war und ist der Mann meines Lebens.«

»Natürlich. Aber jetzt hast du Patrick.«

»Was sagst du für komische Sachen?«

»Du liebst ihn doch, deinen Sohn.«

»Ja, ich liebe ihn. Aber ich sehne mich nach den Armen und dem Blick meines Mannes, nach seiner Stimme und seinen Worten.«

»Möchtest du wieder nach Hause kommen?«

»Nein. Ich will in meiner Ehewohnung bleiben.«

»Würdest du mir Patrick eine Zeit lang anvertrauen?«

Mit einem Achselzucken willigte Claude ein.

Hochzufrieden nahm Großmama mich mit.

Nachdem ihre Tochter und die beiden erwachsenen Söhne aus dem Haus waren, freute sie sich über dieses Gottesgeschenk. Jetzt hatte sie wieder ein Baby.

»Wie schön du bist, mein kleiner Patrick, wie ein Engel!«

Sie ließ mir die Haare wachsen und steckte mich

in schwarze oder blaue Samtanzüge mit Brüsseler Spitzenkragen, Seidenstrümpfe und Stiefel mit Knöpfen. Dann nahm sie mich in die Arme und zeigte mir mein Spiegelbild.

»Hast du schon einmal so ein hübsches Kind gesehen?«

Sie betrachtete mich so hingerissen, dass ich selbst glaubte, schön zu sein.

»Schau, diese langen Wimpern, wie von einer Schauspielerin, und diese blauen Augen, die weiße Haut, dieser entzückende Mund und dann die schwarzen Locken! Dich müsste man malen.«

An dieser Idee hielt sie fest. Sie bat ihre Tochter, gemeinsam mit mir einem in Brüssel bekannten Maler Modell zu sitzen. Claude lehnte ab. Und ihre Mutter erkannte, dass sie ihr eine Weile zusetzen müsste, bis sie sich breitschlagen ließe.

Meine Mutter stürzte sich ins mondäne Leben. Sie mochte Empfänge nicht besonders, aber es kam ihr gar nicht in den Sinn, dass sie das, was sie tat, gern tun musste. Sie trug ihre beeindruckend elegante Trauer vor einem Publikum zur Schau, das ihren Auftritt zu würdigen wusste und ihr das gewünschte Bild spiegelte. Mehr wollte sie gar nicht.

Wenn sie morgens aufwachte, war ihr erster Gedanke: Was ziehe ich heute Abend an? Diese Frage füllte ihr Leben aus. Ihre Nachmittage verbrachte sie bei den großen Couturiers, die entzückt waren, eine so edle Verzweiflung einzukleiden. An diesem großen, mageren Körper fielen Kleider und Kostüme perfekt.

Claudes starres Lächeln tauchte ab 1937 auf fast allen Aufnahmen von Soireen des belgischen Gotha auf. Sie wurde überall eingeladen, denn ihre Anwesenheit war eine Art Garantie für Niveau und Geschmack des jeweiligen Empfangs.

Die Männer wussten, dass es vollkommen ungefährlich war, Claude den Hof zu machen – sie würde ohnehin nicht darauf eingehen. Genau aus diesem Grund machten sie es ja. Es war ein angenehmer Zeitvertreib.

Ich liebte meine Mutter hoffnungslos, sah sie aber nur selten. Jeden Sonntag kam sie mittags zu ihren Eltern essen. Ich sah zu dieser wunderbaren Frau hoch und lief mit ausgebreiteten Armen auf sie zu. Sie hatte ihre spezielle Art, eine Umarmung zu vermeiden, indem sie mir die Hände entgegenstreckte, um mich dann nicht hochzuheben. Ob sie Angst hatte, ihre schöne Toilette zu ruinieren?

»Hallo Paddy«, sagte sie mit frostigem Lächeln.

Anglizismen waren en vogue.

Mit einem Ausdruck freundlicher Enttäuschung, den ich nicht deuten konnte, betrachtete sie mich von Kopf bis Fuß. Wie hätte ich auch ahnen sollen, dass sie jedes Mal hoffte, ihren Mann in mir wiederzufinden?

Bei Tisch aß meine Mutter stets wenig und sehr schnell. Sie musste nur der Pflicht genügen, Nahrung in den Mund zu schieben. Dann zog sie ein entzückendes Etui aus ihrem Täschchen und zündete sich eine Zigarette an. Ihr Vater warf ihr vernichtende Blicke zu: Eine Frau rauchte nicht, Punktum. Sie wandte mit einer verächtlichen Bewegung, die sie für diskret hielt, die Augen ab. Hätte sie sprechen können, hätte sie gesagt: »Ich bin eine unglückliche Frau. Da darf ich doch wenigstens rauchen!«

»Nun, meine liebe Claude, erzähle!«, bat Großmama.

Mama berichtete von einem Cocktail bei Soundso, einem höchst interessanten Gespräch mit Mary, der wahrscheinlich bevorstehenden Scheidung von Teddy und Anny, dem etwas lächerlichen Kostüm von Katherine – wobei sie sämtliche Vornamen englisch aussprach und ihre Eltern Mommy und Daddy nannte. Sie fand es nur bedauerlich, dass für ihren eigenen Namen kein »charmanter anglisierender Diminutiv« existierte.

Sie redete schnell, leicht vernuschelt und mit

flatternden Ts, weil sie überzeugt war, dass Engländer sich so anhörten.

»Ich bin gleich bei Tatiana zum Tee eingeladen. Da siehst du, dass sie gar nicht so depressiv ist, wie sie immer tut.«

»Du könntest doch Patrick mitnehmen!«

»Ausgeschlossen, Mommy, er würde sich zu Tode langweilen.«

»Nein, Mama«, mischte ich mich ein, »ich würde dich sehr gern begleiten.«

»Ach, mein Schatz, lass es, dort sind sonst keine Kinder.«

»Das bin ich gewohnt.«

Seufzend hob sie ein wenig das Kinn. Diese Geste war mein Tod: Mir wurde klar, dass ich in den Augen dieser unerreichbaren, erhabenen Frau einen Fehler begangen hatte.

Großmama erriet, dass ich litt.

»Dann geht doch in den Park spazieren, der Kleine muss mal an die frische Luft.«

»Ich höre immer nur Luft, Luft, Luft!«

Wie oft hatte meine Mutter sich schon darüber ereifert! Aus hygienischen Erwägungen an die frische Luft zu gehen erschien ihr absurd. Und Atmen hielt sie ohnehin für überschätzt.

Wenn sie ging, war ich ebenso traurig wie erleichtert. Am meisten betrübte mich die Erkenntnis, dass Claudes Gefühle mir gegenüber genauso zwiespältig waren. Sie küsste mich, warf mir einen gebrochenen Blick zu und eilte davon. Dabei klackerten ihre Absätze so hinreißend, dass ich ganz krank vor Liebe wurde.

Ich wurde vier, und es herrschte Krieg. Ich wusste, dass das etwas Schlimmes war.

»Was wünschst du dir zum Geburtstag?«, fragte Großmama.

Mir fiel nichts ein, was mir eine Freude machen könnte.

»Wenn dir nichts einfällt, schlage ich vor, dass du in den Armen deiner Mama für den besten Porträtmaler Brüssels Modell sitzt. Er wird euch beide malen, das wird eine Weile dauern, und du musst schön brav sein.«

In den Armen deiner Mama – das war das Einzige, was ich aus ihren Worten heraushörte. Begeistert stimmte ich zu.

Claude war nicht so begeistert von der Einladung ihrer Mutter. Doch diesmal verweigerte sie sich nicht, denn der besagte Maler stand in den besseren Kreisen hoch im Kurs.

Am vereinbarten Tag kam Mama in einer prachtvollen Robe mit raffiniert bescheidenem Spitzendekolleté. Monsieur Verstraeten, der Maler, betrachtete sie mit einer Bewunderung, die mich mit

Stolz erfüllte. Für mich hatte Großmama einen schwarzen Samtanzug mit breitem weißem Spitzenkragen ausgesucht.

Monsieur Verstraeten bat Mama, in einem Lehnstuhl Platz zu nehmen, und war entzückt von der unmittelbaren Eleganz ihrer Haltung. Dass er auch mich noch in dem Bild unterbringen sollte, schien ihn eher zu stören.

»Wir könnten Ihnen das Fräulein auf den Schoß setzen, mit dem Rücken zur Armlehne«, schlug er vor.

»Das ist ein junger Mann«, korrigierte Mama.

Dieses Detail war dem Maler, der mich wie ein Accessoire auf den Knien meiner Mutter drapierte, ziemlich egal. Er war nur froh, dass ich nicht allzu viel Platz einnahm.

»Könnten Sie bitte Ihre Arme um das Kind legen, Madame? Sie haben so schöne Hände!«

Von Mamas Händen berührt zu werden bereitete mir ein verwirrendes Vergnügen. Die Sitzung dauerte Jahrhunderte und wiederholte sich an mehreren Nachmittagen. Ich war jedes Mal wie elektrisiert davon, den knochigen Körper meiner Mutter unter mir zu spüren.

»So ein braves Kind!«, lobte der Maler, um Mama zu schmeicheln.

Sie hütete sich zu erwidern, dass sie nichts dafür

konnte. Zum ersten Mal hatte sie einen Grund, stolz auf mich zu sein – und ich fühlte mich wie Gott in Frankreich.

Wir durften das Bild erst sehen, als es fertig war. Und die Schönheit, die wir darin entdeckten, hatte wenig mit uns zu tun. Noch bevor ich den ersten Blick riskierte, forschte ich im Gesicht meiner Mutter, ob ich Gefallen daran finden dürfte. Mama schien verzaubert. Der Maler hatte sie im Zustand verliebter Erwartung dargestellt, indem er die Härte aus ihrem Gesicht gelöscht und durch sanfte Aufmerksamkeit ersetzt hatte. An Majestät glich die Frau auf dem Gemälde der jugendlichen Herzogin von Guermantes, die einen hochrangigen Gast empfängt, nur dass sie einen anmutigen, verträumten kleinen Engel unbestimmbaren Geschlechts statt eines Rassehündchens auf dem Schoß hatte.

Als Monsieur Verstraeten meine Mutter um ihr Urteil bat, nahm ihr Gesicht sofort einen missbilligenden Ausdruck an.

»Kaum zu glauben, dass wir das sind.«

»Ich habe gemalt, was ich gesehen habe, Madame.«

»Und wo haben Sie gesehen, dass mein Sohn sieben oder acht Jahre alt ist?«

Tatsächlich wirkte ich auf dem Bild älter, was der Maler mit dem pompösen Satz begründete: »Ich wollte ein zeitloses Werk schaffen.«

Man hätte dem tausend logische Argumente entgegensetzen können, aber meine Mutter begnügte sich mit der abschließenden Bemerkung: »Nun ja, es ist sehr elegant. Wir danken Ihnen, Monsieur.«

Der Maler begriff, dass er entlassen war, und ging, nicht ohne ein Vermögen dafür kassiert zu haben.

»So ein wunderbares Porträt habe ich noch nie gesehen!«, jubelte Großmama.

»Na, na, Mommy, jetzt übertreibst du aber!«

»Und du, Patrick, was denkst du?«

Ich musste meinen ganzen Mut zusammennehmen, um meiner Mutter zu widersprechen.

»Ich liebe es, es ist so schön!«

»Natürlich«, sagte Claude, »mit diesen *peach and cream*-Farben ist es ganz nach Kindergeschmack.«

Ich verstand nicht, was sie damit sagen wollte, blieb aber bei meiner Meinung.

»Das ist dein Geburtstagsgeschenk, mein Schatz«, sagte Großmama zu mir. »Wir hängen es in deinem Zimmer auf.«

»Ein Verstraeten über dem Bett eines Vierjährigen?«, rief Claude empört.

»Willst du ihn lieber bei dir haben?«, fragte Großmama.

Wahrscheinlich war ich der Einzige, der die Zweideutigkeit in ihrer Frage hörte: Ging es um das Bild oder um mich?

»Wenn ich dir doch sage, dass ich ihn nicht mag!«, kam es schneidend zurück.

Großmama sollte nie erfahren, wie gut mir ihre beiläufige Antwort tat, die jeden Zweifel hinwegfegte.

»Darf ich dich daran erinnern, Liebes, dass Verstraeten der beste Porträtmaler Brüssels ist?«

»Und wenn es von Greuze wäre, dürfte ich es trotzdem schlecht finden. Aber wie auch immer, es ist achtzehn Uhr, ich werde erwartet.«

Sie küsste uns hastig und eilte davon. Großmama und ich bewunderten das Kunstwerk noch lange in innigem, tief empfundenem Einverständnis. Nie wieder hat mich ein Gemälde so bezaubert. Die abgebildete Dame war meine Mutter, wie ich sie mir erträumte: glücklich, wach, strahlend, von überragender Schönheit – und vor allem: Sie hielt mich zärtlich auf ihrem Schoß.

Großmama bestellte einen imposanten vergoldeten Rahmen, was meine Freude auf die Spitze trieb, dann wurde das riesige Gemälde in meinem Zimmer gegenüber dem Bett an die Wand gehängt.

Nacht für Nacht schlief ich so über der Betrachtung einer immer fiktiveren mütterlichen Ikone ein.

Später fragte ich mich immer wieder, warum meine Mutter eigentlich behauptet hatte, das Bild, das ihr nach meiner Beobachtung auf den ersten Blick gefallen hatte, nicht zu mögen. Natürlich könnte man dafür eine banale Erklärung finden, etwa dass Claude nicht das Risiko eingehen wollte, ein Werk gutzuheißen, für das sich noch kein Kenner verbürgt hatte, um nicht als schlichtes Gemüt dazustehen, während Ablehnung eher auf einen raffinierten Geschmack schließen lässt. Aber ich vermute einen tieferen Grund: Was sie auf diesem Bild gesehen hatte, war eine verführbare Frau. Tatsächlich bestand in der Zeit, als sie ihm Modell saß, eine Anziehung zwischen ihr und dem Maler. Nachträglich, als sie sich quasi selbst auf frischer Tat ertappte, schämte sie sich ihrer Empfänglichkeit gegenüber einem Mann, der nicht ihr verstorbener Gatte war. Indem sie den Verstraeten ablehnte, leugnete sie diesen Ausrutscher, den sie als ihrem Mann gegenüber unwürdig empfand.

Aus mir wurde kein Mensch mit ausgeprägtem Kunstverstand. Aber dieses Gemälde liebe ich und habe es immer überallhin mitgenommen. Die

Leute halten es für ein Porträt aus dem neunzehnten Jahrhundert, und ich kann das verstehen. Wenn ich verrate, wer die Figuren auf dem Bild wirklich sind, fallen sie aus allen Wolken. Sie können mich in dem kleinen Pagen kaum wiedererkennen. Und am Schluss heißt es jedes Mal: »Wie schön Ihre Mutter war!« Und ich muss gestehen, dass mich dieses Urteil mit ebenso großer Freude erfüllt wie das Abbild jenes Glücks, das nur für die Zeit des Modellsitzens existierte.

Allmählich wurde mir klar, dass diese Darstellung Claudes besser funktionierte als sie selbst. Der Maler hatte sie nicht nur schöner gemacht, er hatte sie vor allem präsenter gemacht: Dank seinem Blick auf sie war es ihm gelungen, ihre Seele dort anzusiedeln, wo sich ihr Körper befand, und dieses seltene Zusammentreffen verlieh meiner Mutter eine außerordentliche Kraft.

Mama, das war nicht mehr die Frau, sondern dieses Bild.

Mein Großvater erkannte als Einziger, dass etwas nicht stimmte.

»Der Junge hat nur mit alten Leuten Umgang. Er muss in den Kindergarten.«

Es gab einen um die Ecke, an der Place de Jamblinne de Meux. Großmama nahm mich an der Hand und brachte mich dorthin und redete den ganzen Weg über sanft auf mich ein, um mein Misstrauen einzulullen, wodurch sie es erst richtig weckte.

Staunend entdeckte ich, dass es auch andere Kinder gab. Dass ich durch Zufall in einer Mädchengruppe gelandet war, tröstete mich über diesen Schock hinweg. Meine Einzigartigkeit war wiederhergestellt.

Die Mädchen mochten mich. Im Gegensatz zu Jungen im Allgemeinen sei ich nett und angenehm, befanden sie. Das freute mich. Von ihnen lernte ich, mit Puppen zu spielen und seilzuspringen.

Großpapa brauchte mindestens zwei Jahre, um festzustellen, dass mich der Kindergarten nicht unbedingt stählte.

»Dein Sohn ist sechs, er kommt bald in die

Grundschule, aber er ist noch nicht so weit«, sagte er zu seiner Tochter.

»Wie kommst du darauf, Daddy? Er kann doch schon das Alphabet.«

»Mach dir nichts vor, er ist zu weich. Es gibt nur eine Lösung, Liebes: Wir müssen ihn über den Sommer zu den Nothombs schicken.«

Mama erbleichte.

»Der arme Kleine!«

»Darf ich dich daran erinnern, dass du einen von ihnen geheiratet hast?«

»Ich habe den einzigen Nothomb geheiratet, der kein Barbar war.«

»Du hast den Soldaten der Familie geheiratet, er hatte Schneid. Siehst du denn nicht, dass Patrick ein bisschen Abhärtung braucht, die er von deiner Mutter nicht bekommt? Dein Sohn ist zu weich, und es ist höchste Zeit, das in den Griff zu kriegen.«

»Dafür muss man ihn ja nicht gleich zu den Nothombs schicken!«

Von einem einmal gefassten Plan ließ sich Großpapa nicht abbringen. Er teilte den Nothombs meine baldige Ankunft mit.

Ich war sehr aufgeregt – endlich würde ich erfahren, welcher Sippe ich meinen Namen verdankte.

»Kommst du mit, Mama?«, fragte ich.

»Nein, ich kann dort nicht mehr sein, meine Erinnerungen an Le Pont d'Oye sind zu schmerzhaft.«

»Mein armer Kleiner«, jammerte Großmama, »ich habe Angst um dich.«

Wo schickten sie mich da hin?

Schweren Herzens schnitt Großmama mir die Engelslocken ab.

»Jetzt siehst du aus wie ein Junge«, stellte sie mit aufgesetzter Fröhlichkeit fest.

Außer Kleidung stopfte sie Kekspäckchen, milchlöslichen Kakao und diverse andere Süßigkeiten in meinen Koffer.

Schließlich sagte sie: »Ich werde dich begleiten.«

»Kommt nicht infrage«, mischte sich Großpapa ein. »Ich bringe ihn zu Pont d'Oye.«

»Was ist das?«, wollte ich wissen.

»Das Schloss in den Ardennen, wo die Nothombs wohnen.«

Ein Schloss! Meine Ungeduld kannte keine Grenzen mehr. Ich träumte von Burggräben und einer Zugbrücke darüber.

Am 1. Juli stiegen Großpapa und ich an der Gare du quartier Léopold in den Zug. Vier Stunden dauerte die Fahrt von Brüssel nach Arlon. Großpapa trug seine Generalsuniform, ich meinen Matrosenanzug. Die Landschaft, die ich am Fenster vorbeiziehen sah, wurde immer wilder. Der große Ardenner Wald, der bei Jemelle anfängt, machte mich sprachlos mit seiner Pracht.

Großpapa sah finster drein. Mir war nicht klar, dass er seine Pflicht erfüllte und ich eine Initiation erleben würde.

Am winzigen Bahnhof von Habay-la-Neuve erwartete uns ein zweispänniger Karren, gelenkt von einem Mann namens Ursmar, Nothombs Faktotum. Dass wir die sechs Kilometer nach Pont d'Oye mit dieser Kutsche zurücklegen sollten, ließ mich jubilieren. Großpapa trug nun eine furchterregende Miene zur Schau.

Irgendwann erblickte ich in der Ferne einen aus dem Wald aufragenden Turm. Für mich war Le Pont d'Oye mehr Überraschung als Enttäuschung. Zunächst sah es aus wie eingekesselt; beim Näherkommen entdeckte man, dass es auf einer Erhebung stand. Ein Palast war es jedenfalls nicht, eher Ballast. Das elegante Gebäude aus dem siebzehnten Jahrhundert hatte schon bessere Tage gesehen. Seine Schönheit, die vor allem auf der Lage beruhte – über dem See thronend mit dem Hochwald dahinter –, atmete Verfall. Gerettet wurde es von seiner Farbe, einem felsenhahnfarbenen Anstrich, der im Sonnenlicht wie eine Tuschezeichnung von rosa Ockertönen bis zu Nuancen von Weinbergpfirsich changierte.

Kaum hatten wir den imposanten Torbogen durchschritten, war ich bezaubert: Le Pont d'Oye wurde dann nämlich zu einer Einladung ins Vergnügen, mit den vielen Fenstern in seiner Fassade, einem Garten voller wilder Rosen und dem Kiesweg, an dessen Ende ein Herr mit dem Auftreten eines Grandseigneurs stand.

»Das ist der Herr Baron«, murmelte Großpapa mit grimmigem Spott.

Der kam uns entgegen und begrüßte uns mit wohlgesetzten Worten.

»Was für eine Überraschung, mein lieber General! Wenn ich das gewusst hätte, hätte ich meinen Wagen geschickt, um Sie aus Brüssel abzuholen.«

»Bonjour, Pierre. Seit wann haben Sie einen Wagen?«

»Das weiß ich nicht mehr, mein Freund«, sagte

der hochgewachsene Mann, der daraufhin wie angewurzelt vor mir stehen blieb, als hätte er gerade erst von meiner Existenz Kenntnis genommen.

»Und du, Kind von engelsgleicher Schönheit, du musst Patrick sein, mein erster Enkel, Sohn meines viel zu früh vom Tod dahingerafften erstgeborenen Sohnes.«

Mit Ehrfurcht gebietendem Blick sah er mir tief in die Augen.

»Mein Patrick, wisse, dass du als erster Sohn meines ersten Sohnes dereinst zum Haupt dieser Familie berufen werden wirst. Eines Tages bist du der Herrscher über Le Pont d'Oye.«

Was er da sagte, war nicht weniger sensationell, als wie er es sagte: erschreckend und verführerisch zugleich.

Offensichtlich teilte Großpapa meine Bewunderung nicht.

»Nachdem die Vorstellung erledigt ist, Pierre, kann ich ja jetzt gehen. Ursmar wird mich zum Bahnhof bringen.«

»Das meinen Sie doch wohl nicht ernst, mon Général!«

»Der Zug wartet nicht. Leb wohl, Patrick, am 31. August hole ich dich wieder ab. Schöne Ferien!«

Während Großpapa sich entfernte, fragte Pierre Nothomb, wie ich zu ihm sagte.

»Großpapa«, erwiderte ich.

»Perfekt. Und mich nennst du Großvater.«

»Großpapa hat gesagt, Sie sind Baron.«

»Da hat er recht! Wenn ich einmal tot bin, wirst du das auch.«

»Und was ist das?«

»Wie soll ich dir das erklären? Ein Baron ist einer wie ich.«

Ich nickte, um zu zeigen, dass ich verstanden hatte.

»Und wo ist meine Großmutter?«

»Die ehrwürdige Frau ist schon lange tot. Vor etwa fünfzehn Jahren habe ich eine reizende Frau geheiratet, zu der du Großmutter sagen darfst. Da ist sie ja!«

Herein kam eine Frau, die viel jünger war als ihr Mann. Großmutter war um die vierzig, blond und hatte ein gütiges Lächeln. Sie umarmte mich freundlich und ging dann weiter ihren, wie ich mir vorstellte, zahllosen Beschäftigungen nach. Ich brauchte eine Weile, um die Erschöpfung hinter ihrer Liebenswürdigkeit zu entdecken.

Großvater dagegen war in Topform. Er nahm mich mit auf einen Marsch durch das, was er die Alleen des Parks nannte, also in den Garten.

»Liebst du die Dichtkunst, Patrick?«

»Das ist das, was man rezitiert, oder?«

»So ungefähr. Nichts ist so wichtig wie die Dichtung. Und ich bin ein Dichter, verstehst du?«

»Sie erfinden Rezitationen?«

»Das kann man so sagen.«

Warum hatte Großmama mein Geschick beklagt? Was war schlecht daran, an diesen fantastischen Ort geschickt zu werden, zu diesem großartigen Mann, der mir mit so einer Hochachtung begegnete?

»Ich möchte, dass du meine Gedichte liest, Patrick, und mir deine Meinung dazu sagst.«

»Lesen kann ich, also einverstanden.«

»Du kannst schon lesen? Wie alt bist du denn?«

»Sechs Jahre.«

»Mein jüngster Sohn ist so alt wie du. Aber ich bezweifle, dass er lesen kann.«

»Sie haben einen Sohn, der so alt ist wie ich, Großvater?«

»Ja, es dauert eine Weile, bis man dreizehn Kinder hat, verstehst du? Du bist der Sohn meines seligen Erstgeborenen, Charles ist mein dreizehntes. Wann hast du Geburtstag?«

»Am 24. Mai.«

»Charles am 3. Ihr seid im selben Monat desselben Jahres geboren.«

»Wo sind denn Ihre Kinder?«

»Die aus meiner ersten Ehe sind erwachsen oder tot. Ich habe drei Kinder verloren: deinen Vater und meine beiden Töchter Louise und Marisabelle, die sehr jung gestorben sind. Die aus meiner zweiten Ehe tollen wohl im Wald herum. Du wirst sie noch früh genug kennenlernen. Möchtest du das Schloss sehen?«

Feierlich führte Großvater mich in das Innere des Schlosses und zeigte mir dessen Räumlichkeiten mit einer Emphase, als wäre es Versailles. Noch nie hatte ich so etwas Grandioses gesehen. Die eher triste Wirklichkeit des Bauwerks blieb mir verborgen, weil Großvater mit seinen begleitenden Worten dessen Pracht so laut in die Welt posaunte.

Pierre Nothomb hatte jedem Raum des Schlosses einen Namen gegeben. Sogar die Toilette – die einzige in dem riesigen Gebäude – trug einen: Le Trianon. Die Besichtigung beeindruckte mich kolossal; ganze zwei Monate durfte ich in diesem erhabenen Bauwerk verbringen, welche Ehre!

Großmutter kam uns nach und verkündete ihrem Mann, dass eine Marquise von Sowieso da sei.

»Die Marquise erwartet mich«, entschuldigte sich Großvater.

Durchs Fenster sah ich ihn auf eine sonntäglich ausstaffierte Dame zueilen und vor ihr paradieren wie ein balzender Täuberich, der es mit geblähtem Kropf und zahllosen Bücklingen bei einer Taube versucht.

»Wo ist dein Koffer, mein Schatz?«, fragte Großmutter.

»Den muss ich unter dem Torbogen stehen gelassen haben.«

»Dann gehen wir ihn jetzt holen.«

Sie schleppte ihn bis in den dritten Stock, eine Art Schlafsaal in einem verwitterten länglichen Dachboden.

»Hier wirst du wohnen.«

Sie fand ein offensichtlich unbesetztes Bett und legte meinen Koffer darauf. Ein unbeschreibliches Chaos herrschte in der Galerie. Man wusste gar nicht, wohin man treten sollte zwischen all den schmutzigen Klamotten und löchrigen Kissen.

Ich wollte schon fragen, in welchen Schrank ich meine Sachen räumen könnte, als mir klar wurde, dass es außer den Betten keine Möbel gab.

Da brach plötzlich ein Geschrei los, das ich nicht so bald vergessen sollte.

»Die Kinder sind heimgekommen«, erklärte Großmutter.

War es Heimtücke, dass sie in diesem Moment verschwand? Jedenfalls zog sie sich zurück und ließ mich allein mit denen, die rechtlich meine Onkel und Tanten waren und sich als eine Horde Hunnen herausstellen sollten.

Ein Tornado von Kindern stürmte den Schlafsaal. Es waren erschreckend viele, schien mir, weil sie so laut, so wild und fest entschlossen waren, jeden Besucher auszurauben. Ins Kraut geschossen, mager, brutal, zerlumpt, stürzten die Nothomb-Kinder sich auf mich wie eine Hundemeute auf ihre Beute.

Als sie mich eingefangen hatten, schrien diese Wilden, bei denen Mädchen und Jungen ununterscheidbar waren: »Der trägt einen Marineanzug und ist wohlgenährt!«

Ob sie mich auffressen wollten?

»In meinem Koffer ist was zu essen«, rief ich in einem plötzlichen Überlebensreflex.

Die Sippe ließ mich fallen und machte sich über mein Gepäck her, das schneller zerlegt war, als man es aufschreiben kann.

Ein etwa zehnjähriges Wesen, offenbar der Anführer, sammelte die Beute ein.

»Butterkekse, Kakao, Côte-d'Or-Riegel – bist du ein Schmuggler oder so was?«

»Los, Simon, austeilen, wir haben Hunger!«, schrie eine Mädchenstimme.

Es folgte eine grausame Szene, in der Simon die Päckchen entsprechend seinen Vorlieben einzelnen Geschwistern zuwarf und die anderen, die er zu übergehen beschlossen hatte, vor Leid aufstöhnten. Die größten Leckerbissen behielt er für sich. Schließlich gab er die Erlaubnis zur Vernichtung der Vorräte.

Es war eine große Schlacht. Diejenigen, die nichts abbekommen hatten, bettelten die Glücklicheren an, die sich jedoch kaum großzügiger zeigten als Simon.

Als nichts Essbares mehr da war, wandte sich der Anführer mir zu.

»Du bist mein Neffe, Patrick. Du schuldest mir Respekt.«

»Darf ich Sie duzen?«

»Wenn du noch ein paar so blöde Fragen stellst, hau ich dir eine rein.«

Also hielt ich mich lieber zurück.

Nach und nach wurde mir klar, dass die Bande, die ich für unzählig gehalten hatte, aus nur fünf Mitgliedern bestand. Warum hatte ich das Gefühl, dass es so viele waren? Vielleicht, weil sie ständig durcheinanderwuselten und so viel Schaden anrichten konnten.

Vor allem aber: Wie war es möglich, dass diese

fünf Raufbolde von der liebenswürdigen Dame und dem eleganten Herrn abstammten, die mich empfangen hatten?

Da sie immer noch Hunger hatten, durchwühlten sie meinen Koffer in der Hoffnung, dass sich noch eine Süßigkeit zwischen meinen Sachen versteckte. Jedes Kleidungsstück wurde hochgehalten und kommentiert.

»Eine weiße Seidenbluse mit Spitzenkragen! Ich bin ein Mädchen und hab so was nicht!«

»Ich schenke sie dir.«

»Du Hirni, ich bin dreizehn, wie soll ich da reinpassen?«

Dreizehn – kaum zu glauben. Für mich war eine Person in dem Alter fast erwachsen, dieses schmächtige Mädchen dagegen schien dazu verdammt zu sein, ein ewiges Kind zu bleiben.

»Eigentlich wollte ich deine Klamotten zerreißen«, mischte Simon sich ein. »Aber damit würden wir dir nur einen Gefallen tun. Richtig gemein wird es erst, wenn du sie tragen musst, so wie sie sind.«

Eine Glocke ertönte.

»Zu Tisch«, brüllte die Meute, ließ von mir ab und stob die Treppe hinunter.

Es kostete mich Überwindung, den anderen ins Esszimmer zu folgen. Vorsichtig gesagt, wurde ich dort nicht gerade sehnsüchtig erwartet.

Hausherr und Hausherrin thronten am Kopfende einer langen Tafel, eingerahmt von einem achtzehnjährigen Mädchen und einem sechzehnjährigen Jungen, die einer anderen Sphäre angehörten. Das Kindervolk drängte sich um die benachteiligte Hälfte, wo es nicht einmal Brot gab. Selbstverständlich war mein Platz dort, obwohl ich eigentlich gar keinen hatte.

Großvater nahm eine Fleischplatte und bediente sich, dann hielt er sie seiner Frau hin, die selbst so mit dem Essen geizte, wie ihr Mann damit prasste, und sie an das Mädchen neben sich weiterreichte. So war es bei jedem Gang.

Ich saß neben Charles, meinem Quasizwilling. Der reckte den Hals, um zu sehen, was es gab, und kalkulierte leise: »Jean nimmt sich was, dann Lucie, dann Simon, gut, Fleisch werde ich keins mehr kriegen, vielleicht noch Kartoffeln …«

Nahrung war bei den Nothombs nach der Geburt gestaffelt: Je älter man war, desto mehr bekam man. Wenn die Platten bei Charles und mir landeten, waren sie fast leer.

Simon, dessen Teller auch nicht viel voller war als unsere, schaffte es immerhin, den Brotkorb vom

Erwachsenentisch zu mopsen. Wir waren überglücklich, dass wir alle ein Stück abbekamen.

Ich fragte Charles nach den Namen eines jeden, der am Tisch saß, und freundete mich so ein wenig mit ihm an.

»Am Tisch der Großen sitzen die Eltern. Das Mädchen heißt Marie-Claire und der Junge Jean. Dann kommen wir: Lucie, Simon, Colette, Donate und ich.«

»Da fehlen doch noch ein paar Kinder«, warf ich ein.

»Ja, die erwachsenen: Paul, Dominique und Jacqueline, die auf eigenen Füßen stehen.«

»Warum bekommen nur die Großen zu essen?«

»So ist das hier eben. Wenn du bis sechzehn durchhältst, wirst du ernährt.«

»Darauf müssen wir beide noch zehn Jahre warten!«

»Und dann ist es auch noch nicht garantiert. Aber du bist ja nur in den Ferien hier, du wirst es überleben.«

Ich empfand eine tiefe Bewunderung für diese Kinder, die unter so extremen Bedingungen lebten. Wäre ich älter gewesen, hätte ich in Erwägung gezogen, gegen diese skandalöse Regelung zu rebellieren. Mit meinen sechs Jahren jedoch war ich nur auf eines erpicht: mich anzupassen.

An meinem Brot nagend, beobachtete ich Großvater. Er saß in seinem eleganten Anzug da und unterhielt sich aufmerksam mit seiner entzückten Frau und den beiden Ältesten. Die mageren, zerlumpten Kleinen am anderen Ende der Tafel, die keine andere Erziehung kannten als puren Darwinismus, schien er überhaupt nicht wahrzunehmen.

Die Köchin brachte das Dessert, eine Schüssel Rhabarberkompott, die entsprechend der Rangordnung herumging und noch nicht komplett leer war, als sie bei Charles und mir landete. Ich kostete meinen Teil mit Genuss, als der Patriarch sich erhob, die Arme ausbreitete und erklärte: »Ich werde jetzt einen Satz für die Ewigkeit sagen.«

Noch nie hatte ich jemanden so hochtrabend reden gehört. Resigniert legten alle den Löffel nieder.

Nach einer Pause, die dazu gedacht war, einen würdigen Rahmen für das Kommende zu schaffen, deklamierte Großvater: »Rhabarber ist die Erfrischung der Seele.«

Er beobachtete die Wirkung dieses Satzes auf sein Publikum und setzte sich wieder hin. Dann erlaubte er uns mit einem Wink, weiterzuessen und zu reden.

»Was hat er gesagt?«, fragte ich Charles.

»Dass der Rhabarber die Seele erfrischt.«

»Ja, das habe ich gehört. Aber woher kommt das?«

»Von ihm. Das ist ihm gerade eingefallen, und er teilt es mit uns. Es ist ein Gedicht.«

»Aber muss es sich dann nicht reimen?«

»Nicht unbedingt.«

Als die Teller restlos geleert waren, erhob sich Pierre Nothomb wieder, mehr Grandseigneur denn je, und ging mit den Erwachsenen in den Salon. Die Kinder rannten hinaus, und ich mit ihnen. Es war noch taghell, und Simon entschied, dass wir auf der Wiese Fußball spielen würden.

»Normalerweise braucht man dazu zwei Mannschaften mit elf Spielern. Wir sind nur sechs. Aber gar kein Problem. Patrick macht den Torwart, und wir spielen alle gegen ihn.«

Er legte zwei Stecken im Abstand von drei Metern auf die Erde.

»Das ist das Tor. Patrick, du musst den Ball abhalten, damit er nicht reingeht.«

Mit klopfendem Herzen bezog ich vor dem Tor Stellung. Alle fünf Kinder schossen mit dem Ball auf mich. Ich wusste nicht, wo ich mich hinstellen sollte, und musste mich ständig bewegen, um den Raum zu verteidigen, der meiner Gerichtsbarkeit unterstand.

Nach zwei Minuten schoss Colette das erste Tor.

»Und dann noch ein Mädchen!«, höhnte Simon.

»Ich mach das zum ersten Mal«, sagte ich wie zur Erklärung.

»Das sieht man. Die guten *Goalkeeper* werfen sich auf den Boden und setzen ihren Körper als Schutzschild ein. Du hopst vor dem Tor herum wie ein Kobold.«

Dadurch angespornt, warf ich mich für den Rest der Partie ständig hin. Allerdings hatte ich so wenig Sinn für das Spiel, dass ich jedes Mal die falsche Seite erwischte. So kassierte ich ungefähr dreißig Tore.

»Das war nichts«, befand Simon.

Als es dunkel wurde, kam Großmutter, um uns ins Bett zu schicken. Als sie mich sah, schrie sie auf.

»Was ist denn mit deinem hübschen Marineanzug passiert?«

Ich sah an mir hinunter: Meine Kleidung war dermaßen verdreckt, dass man die Ursprungsfarbe nur mit Mühe erahnen konnte.

»Mir egal«, entgegnete ich stolz.

Und das war auch so. Ich war begeistert von diesem Erlebnis.

Im Schlafsaal zogen sich alle aus. Die Kinder waren so mager, dass ich dagegen fast rundlich wirkte. Ich schlüpfte in einen himmelblauen Flanellpyjama, während die anderen unbeschreiblich löchrige Lumpen überzogen. Das Bett kam mir erstaunlich unbequem vor.

Die ganze Bande schlief sofort ein. Ich fand lange keinen Schlaf. Man hörte Mäuse gegen die Wände rennen. Das Dach knackte so laut, dass es auf Einbruchsversuche eines oder mehrerer Gespenster schließen ließ. Wie sollte ich des Schreckens Herr werden, den das in mir hervorrief?

»Du musst härter werden«, hatte Großpapa immer wieder zu mir gesagt. Ich begann zu verstehen, was er damit meinte. Mein Körper war genauso weich wie meine Seele. Wenn ich die zwei Monate, die ich vor mir hatte, überleben wollte, musste ich mein sanftes Wesen zu meinem Schild machen.

Aber ach, wie sollte das gehen? Schon allein die nächtliche Angst zu besiegen erschien mir unmöglich. »Such dir was Nettes, an das du dich halten kannst«, sagte ich zu mir.

In diesem Moment schrie eine Eule im nahen Wald. So etwas hatte ich noch nie gehört. Es zerriss mir das Herz. Hätte ich für das, was ich seit meiner Ankunft empfand, einen Ausdruck finden wollen, wäre es dieser reine Schrei gewesen, diese Mischung aus Entzücken und Hilferuf. Ich empfand dasselbe unentwirrbare Gefühlschaos. Ja, ich war total begeistert, hier zu sein – und genauso verzweifelt.

Die Eule verstand mich. Ich war nicht allein. Diese Überzeugung rettete mich. Dann sank ich in den Schlaf.

Wie trunken erwachte das Stadtkind morgens im Herzen des rauschenden Waldes. Ich brauchte eine Weile, um zu begreifen, dass die anderen Kinder schon weg waren. Nicht unzufrieden damit, allein zu sein, zog ich mich an und ging in die Küche hinunter.

Dort empfing mich die hagere Frau, die am Abend die Speisen zu Tisch gebracht hatte. Sie schien meine Anwesenheit kaum ertragen zu können. Wie eine Schuldige, die sich für ein Verbrechen rechtfertigt, wiederholte sie hartnäckig:

»Milch ist aus. Brot ist aus. Nichts mehr da. Die Kinder haben alles weggeputzt.«

Draußen erwartete mich ein fantastisches Wetter. Die Morgenluft in Le Pont d'Oye roch nach Stein und saftstrotzendem Wald. Was für ein Glück, dieser Lust ohne meine Quälgeister zu frönen!

Ich verließ das Schloss und ging zu den weiter unten gelegenen Pachthöfen. In einem Gemüsegarten sah ich Großmutter auf der Erde knien und irgendein undefinierbares Gemüse ernten. Peinlich berührt, dass ich sie dabei ertappt hatte, rief sie: »Du sagst aber keinem, dass du mich beim Rhabarberpflücken gesehen hast, ja?«

»Das ist Rhabarber?«

»Ja, selbst gepflanzt. Ich habe nämlich herausgefunden, dass er gut wächst und sehr ergiebig ist. Und dein Großvater liebt Rhabarberkompott, wie du gehört hast. Ihm ist überhaupt nicht klar, dass die Köchin von dem bisschen Geld, das er ihr gibt, kaum etwas kaufen kann. Es ist ein ewiger Kampf.«

»Ist Großvater arm?«

»Schwer zu sagen. Er weiß es selbst nicht. Dein Großvater lebt nicht ganz in der Wirklichkeit. Er ist Dichter. Nur verdient man damit kein Geld. Von Beruf ist er eigentlich Anwalt.«

Sie erklärte mir, was das Wort bedeutet.

»Unglücklicherweise verdient er auch damit kaum etwas. Ihm fehlt das Talent, lohnende Fälle aufzutreiben. Sein letzter war Léontine.«

»Wer ist Léontine?«

»Die Köchin. Sie war angeklagt, ihren Mann vergiftet zu haben. Der Prozess fand vor zwei Jahren am Gericht von Arlon statt. Er war in aller Munde. Die Beweise gegen Léontine waren erdrückend. Dein Großvater hat ihre Verteidigung übernommen. Sein Plädoyer endete mit einem Argument wie ein Paukenschlag: ›Meine Herren Geschworenen, ich bin so überzeugt von der Unschuld dieser Frau, dass ich bei meiner Ehre schwöre: Wenn Sie sie begnadigen, werde ich sie als Köchin für meine Familie einstellen.‹ Den Prozess hat er gewonnen. Aber seine großartige Verteidigung hat ihm keinen Sou eingebracht. Und wir sitzen da mit einer Köchin, die kaum etwas zu kochen hat.«

Als sie sich aufrichtete, stand ihr der Schweiß auf der Stirn, weil sie beim Erzählen weiter Rhabarber geerntet hatte.

»Ich habe auch versucht, Kartoffeln anzupflanzen. Aber das ist ein anderes Kaliber. Offenbar fehlt mir der grüne Daumen. Als ich vor fünfzehn Jahren deinen Großvater geheiratet habe, hätte ich mir nicht träumen lassen, dass ich mich einmal mit dieser Situation herumschlagen müsste.«

»Warum haben Sie ihn denn geheiratet?«, rutschte es mir heraus.

»Das ist vielleicht eine Frage! Dein Großvater

ist ein bedeutender Dichter. Er ist aufmerksam, wenn er sich mit Leuten unterhält, und er kann sehr gut zuhören.«

»Ja, das habe ich gemerkt.«

Sie lachte.

»Und wenn das schon bei einem kleinen Jungen so ist, kannst du dir ja vorstellen, wie er mit einer jungen Frau umgeht.«

Großmutter hatte anscheinend ein großes Mitteilungsbedürfnis, dass sie mir solche Dinge erzählte. Sie beruhigte sich mit dem Gedanken, dass ich ohnehin nichts verstünde, und fuhr fort:

»Er ist ein wunderbarer Mann, weißt du. Er lebt in einer Art Märchen, wo Frauen Prinzessinnen sind, die von Tau leben, und alle Kinder Geschwister des kleinen Däumlings.«

Sie hob zwei Säcke Rhabarberstängel auf und wankte damit zum Schloss, lehnte aber meine Hilfe ab. Léontine nahm diese Gaben erleichtert an.

»Und jetzt mache ich mich gesellschaftsfähig«, sagte Großmutter und verschwand.

Im Garten traf ich Jean, den Sechzehnjährigen, der gerade erst am Tisch der Großen zugelassen worden war. Er nickte mir zu.

»Ist es hier nicht zu hart für dich?«

»Nein«, erwiderte ich stolz.

»Du darfst den Kindern nicht böse sein, wenn sie gemein zu dir sind. Wenn du wüsstest, wie schwer es ist, in Pont d'Oye aufzuwachsen!«

Er hatte ein Buch in der Hand, dessen Titel ich zu erkennen versuchte. Er hielt es mir hin.

»*Bäume des Abends* von Pierre Nothomb«, las ich vor.

»Papas Gedichte«, erläuterte er.

Ich schlug es auf. Es enthielt lange Kolonnen von Wörtern, die sich reimten. Wie in den Lesebüchern, die ich im Kindergarten oder zu Hause schon in der Hand gehabt hatte. Doch irgendetwas hatte mich daran gehindert, Zugang zu diesen Texten zu finden, auch wenn ich schon seit zwei Jahren lesen konnte.

»Was denkst du darüber?«, fragte Jean.

Ich machte große Augen. Seit wann musste man über Dichtung etwas denken? Aufs Geratewohl gab ich eine Expertise ab: »Das sind Gedichte.«

»Gute oder schlechte?«

Diese Frage wunderte mich. Nie wäre ich auf die Idee gekommen, Gedichte gut oder schlecht zu finden. Es gab sie einfach, wie schlechtes Wetter, freie Tage oder Zinnsoldaten. Gedichte waren Tatsachen, mit denen man umgehen musste. Deshalb gab ich keine Antwort.

»Sie sind grottenschlecht«, sagte Jean.

Mir war nicht wohl dabei. Wir wagten uns in Regionen vor, die mir zu hoch waren und mir Furcht einflößten. Jean hatte das Buch wieder an sich genommen und trug ein Gedicht daraus vor. Der exaltierte Tonfall erschien mir angemessen, mir war nicht klar, dass er damit das Gedicht lächerlich machen wollte.

»Na? Merkst du, wieso es grottenschlecht ist?«

»Ich bin erst sechs«, sagte ich, um ihn milde zu stimmen.

»Du bist vor allem nicht sehr schlau. Dabei habe ich es doch schon richtig betont. Du konntest hören, wie komisch das klingt.«

»Es sind Gedichte«, wiederholte ich.

»Gedichte müssen nicht unbedingt schwülstig sein, stell dir vor! Hast du schon mal vom Surrealismus gehört?«

»Ich bin erst sechs«, wiederholte ich.

»Das wissen wir. Ich sag dir mal was: Papas Gedichte sind scheiße. Nur er schreibt noch so geschwollenes Zeugs. Und nur den Ahnungslosen aus seinen Kreisen gefällt das. Wenn du Surrealisten gegenüber Pierre Nothomb erwähnst, dann lachen die nur.«

Mir waren diese Reden unangenehm. Aufs Geratewohl fragte ich ihn, ob er meinen Vater gekannt hätte.

»Natürlich. Ich war elf, als er gestorben ist.«

»Wie war er?«

»Ein großer Bruder. Ernst und streng. Er hatte Respekt vor seinem Vater. Und keine Fantasie. Ganz anders als ich.«

»War er nett zu dir?«

»Wenns hochkommt, hat er in seinem Leben zwei Worte mit mir gewechselt. Papa liebte ihn. Er war der brave Sohn, der gehorchte und seine Autorität nicht infrage stellte.«

Ich merkte, dass er meinen Vater nicht sehr gemocht hatte, und war traurig darüber. Als Jean weiter über Großvater herzog, wagte ich es nicht mehr, ihn zu unterbrechen, aus Angst davor, dass er wieder schlecht über meinen Vater reden könnte.

»Wenn Papa sich damit begnügen würde, Schund zu schreiben, wäre es mir egal. Wenn er nichts anderes verbrochen hätte als diese Pösi (ja, so nenne ich dieses wertlose Geschreibsel, nicht Poesie, auch wenn er es dafür hält), würde ich mich nicht so aufregen, aber er hat drei Menschen umgebracht, die ich von Herzen liebte.«

Ich wurde blass. Jean quälte mich offenbar ganz bewusst.

»Er hat meine Mutter und zwei meiner Schwestern ermordet.«

Ich wollte ihm widersprechen. Aber kein Ton kam aus meinem Mund.

»Dir wurde erzählt, dass sie an Tuberkulose gestorben sind, richtig? Und was ist Tuberkulose? Eine Krankheit der Armen. Wenn der Typ in der Lage gewesen wäre, seine Familie anständig zu ernähren, wären Mama, Marisabelle und Louise wieder gesund geworden. Aber nein, Monsieur schreibt lieber Gedichte, die keiner kauft.«

»Er hat Léontine gerettet«, brachte ich hervor.

»Stimmt. Und du glaubst, dass es seine einzige Sorge war, eine schwache Frau zu verteidigen? Nein. Er hat sich diesen Fall nur aus Eitelkeit ausgesucht. Er wusste, dass die Zeitungen darüber schreiben würden. Und er wusste auch, dass er damit nichts verdienen würde. Du findest es wahrscheinlich gut, wenn einem Geld gleichgültig ist.«

Ich fand nichts dergleichen, fühlte mich aber so unwohl, dass es mich schüttelte.

»Dabei ist es ihm gar nicht gleichgültig. Er hat Mama wegen ihres Geldes geheiratet. Und als sie tot war, hat er Stiefmutter aus demselben Grund geheiratet.«

»Großmutter liebt Großvater«, widersprach ich.

»Stiefmutter ist eine Heilige. Aber sie sieht nicht klar.«

Hass war mir noch nie begegnet. Nun konnte

ich ihn direkt erleben, aber ich hätte viel dafür gegeben, woanders zu sein. Ich wusste nicht, dass es in Jeans Alter normal war, seinen Vater zu verabscheuen.

»Hast du gesehen, wie er sich am Essen bedient? Nicht nur, dass er sich immer als Erster nimmt, was seiner Frau gegenüber sehr unhöflich ist, er tut auch noch so, als ob er nicht wüsste, dass wir bei Tisch mehr als zehn sind, darunter Kinder und Jugendliche im Wachstum, und reißt sich, obwohl er schon alt ist und nichts mehr braucht, einfach die Hälfte des Essens unter den Nagel.«

»Er ist ein bisschen abwesend.«

»Er ist sehr begabt dafür, so zu tun als ob.«

»Du kannst ihn nicht leiden«, formulierte ich, mehr um das Vokabular zu klären, als um eine Diagnose abzugeben.

»Ich verbiete dir, über meine Gefühle für meinen Vater zu urteilen.«

»Tut mir leid, ich habe dir aber zugehört.«

»Dann hör weiter zu. Das ist nicht so einfach. Ich weiß, dass er seine Qualitäten hat, aber das macht mich noch wütender auf ihn, weil genau diese Qualitäten ein erschwerender Umstand sind. Er ist sehr intelligent, er weiß, was er tut. Je älter ich werde, desto besser verstehe ich meinen Bruder Paul.«

»Das ist der, der gleich nach meinem Vater geboren wurde?«

»Ja, er ist Kommunist geworden.«

»Was heißt das?«

»Das ist kompliziert. Sagen wir, es bedeutet, das Gegenteil von Papa zu sein. Er hat im Spanischen Bürgerkrieg gekämpft und ist jetzt in Paris bei der Résistance.«

»Und was macht er da?«

»Er versteckt sich vor den Deutschen. Seit zwei Jahren haben wir nichts mehr von ihm gehört. Vielleicht ist er ja tot.«

»Viele in unserer Familie sterben jung«, bemerkte ich.

Auf der anderen Seite des Sees tauchte die Kinderhorde auf.

»Ich will zu ihnen«, sagte ich.

»Sei nett zu der armen Donate!«

»Was ist mit ihr?«

»Ist dir gar nicht aufgefallen, dass sie gestört ist? Sie gehört in ein Heim. Aber Papa hat kein Geld, also bleibt sie bei uns.«

Von dieser Enthüllung erschüttert, gesellte ich mich zu den Kindern. Nein, mir war nicht aufgefallen, dass Donate gestört war. Mir kamen hier alle gestört vor. Während wir im Wald Unruhe stifteten, beobachtete ich Donate. Sie mochte etwa acht Jahre alt sein, machte alles mit und lachte pausenlos. Es dauerte eine Weile, bis ich herausgefunden hatte, dass ihr Mund immer offen stand und ihr Wortschatz sich auf ja ja ja beschränkte. Im Grunde war ihre Behinderung eine hervorragende Anpassung an das Leben der Kinder von Pont d'Oye: Sie war immer zufrieden und sagte zu allem Ja.

Die übrigen Bandenmitglieder behandelten sie nicht anders als alle anderen auch. Sie schienen vergessen zu haben, dass ihre kleine Schwester ein Problem hatte. Oft stieß sie Freudenschreie aus. Ihre übertriebene Begeisterung rührte mich.

Ich lernte, mein Verhalten ihrem anzugleichen. Statt mich ständig zu fürchten wie am ersten Tag, wollte ich mir lieber ein Vorbild an Donate nehmen und mich pausenlos freuen. Der Rest der Bande merkte gar nichts davon. Sich nie zu beklagen, immer in den Wald zu gehen, um auf Bäume zu klettern oder in den See zu springen, den Torwart in einem wilden Fußballmatch zu spielen oder bei Tisch um einen Kanten Brot zu kämpfen, das war das Übliche, der Alltag der Bande.

Wir führten eine Parallelexistenz zur Welt der Erwachsenen. Von Großmutter abgesehen, kümmerte sich keiner um uns. Eines Abends kam Donate nicht zum Abendessen. Da ich sie sehr mochte, steckte ich ein Stück Brot für sie ein – das war von jemandem, der so ausgehungert war wie ich, der höchste Liebesbeweis. Später fand ich sie. Sie lag auf ihrem Bett und sang *La Brabançonne,* deren Text sie durch *ja ja ja* ersetzte. Nie habe ich eine positivere Version der belgischen Nationalhymne gehört.

Berauscht vom eigenen Gesang, hatte Donate nicht auf die Glocke geachtet, die das Abendessen ankündigte. Ich hielt ihr das Brot hin, sie riss es mir aus der Hand und verschlang es. Dann umarmte sie mich und speichelte mich vor lauter Dankbarkeit ein. Und dieses Mädchen war meine Tante!

Dank Großmutters Mühen gab es jeden Abend nach dem mehr als mageren Essen für alle eine Portion Rhabarberkompott. An manchen Tagen, wenn es an Brot mangelte, war das meine einzige Nahrung. Man wird, glaube ich, kein historisches Beispiel für eine Gruppe von Menschen finden, die sich ausschließlich von Rhabarber ernährte – außer den Kindern von Pont d'Oye in diesen Kriegssommern. Seither hege ich eine besondere Neigung für das sympathische Fasergewächs.

Die Ferien näherten sich ihrem Ende. Ich war stolz, überlebt zu haben. Charles hatte das anscheinend bemerkt.

»Du hast nur einen Sommer in Pont d'Oye erlebt«, sagte er, »das ist aber noch gar nichts.«

»Warum?«

»Wirklich schwierig ist der Winter hier. Und er dauert lange.«

Das machte mich neugierig.

»Dann komme ich in den Weihnachtsferien wieder.«

»Bist du dumm! Bleib lieber in deiner Wohnung in Brüssel, wo es warm ist!«

»Ich liebe Pont d'Oye. Ich möchte es einmal im Schnee sehen!«

Das war vollkommen ehrlich gemeint. Ich hatte über die Bewohner hinaus eine wahre Liebe für das Schloss und den Wald entwickelt. Außerdem war ich gern Teil dieser wilden Kinderhorde.

Bei unserem letzten Abendessen sprach Großvater mich an: »Mein Patrick, du wirst uns bald verlassen, wie es scheint.«

»Ja, Großpapa holt mich morgen ab.«

»Ich habe dich beobachtet, du bist eine edle Seele. Du bist hier wohlgelitten. Wir hoffen auf deine Wiederkehr.«

Da konnten die Kinder noch so sehr spotten – ich errötete vor Stolz. Pierre Nothomb hatte eine herausragende Begabung, Beziehungen herzustellen: Er sprach mit jedem so, als wäre dieser die wichtigste Person in seinem Leben. Daher die Hochachtung, die er genoss.

Großpapa war pünktlich. Meinen schmutzigen, zerrissenen Marineanzug kommentierte er genauso wenig wie mein elendes Aussehen. Ursmar brachte uns zum Bahnhof.

Im Zug nach Brüssel versuchte ich zu erklären, warum mir meine Ferien so gefallen hatten. Der General hörte kaum zu, schien aber zufrieden zu sein und nahm mein Gestammel mit dem stummen Gleichmut des höherrangigen Militärs zur Kenntnis.

Zu Hause wurde ich schon von Großmama erwartet, die bei meinem Anblick einen Schreckensschrei ausstieß.

»Was haben sie mit dir gemacht, mein Liebling?«

Sie kam mir entgegen und nahm mich in die Arme.

»Du bist ja so dünn wie ein Strich in der Landschaft! Und zerlumpt wie ein Bettler!«

Ich muss gestehen, dass ich mich über ihre Reaktion freute und sie noch zu bestärken suchte, indem ich mit Heldenmiene erklärte: »Wir haben auch nicht viel zu essen bekommen.«

»Das ist ja furchtbar! Du musst total verhungert sein.«

»Na ja …«

»In einer Stunde gibts Abendessen. Aber zuerst muss ich dich gründlich säubern.«

Sie zog mir die Sachen aus und sah ein Gerippe, das sie zum Weinen brachte.

»Ein Kind darf man doch nicht hungern lassen!«

Ich setzte mich in die randvoll gefüllte Badewanne, deren Wasser sich sogleich bräunlich verfärbte.

»Hast du dich dort auch gewaschen?«

»Manchmal …«

In Wahrheit war ich ab und zu schwimmen im See, und das wars.

»Wo ist Mama?«

»Sie kommt heute zum Essen. Arme Claude, dass sie dich in diesem Zustand sehen muss!«

Großmama wusch mich gründlich mit Seife, frottierte mich trocken und zog mir frische Sachen an.

»Was haben denn diese Wilden mit deinen Kleidern angestellt?«

»Ich bin damit auf Bäume geklettert«, behauptete ich, um den Clan in Schutz zu nehmen.

Anders als ihre Mutter vermutet hatte, äußerte Mama keinerlei Missfallen bei meinem Anblick.

»Ist dir aufgefallen, wie mager er geworden ist?«, fragte Großmama.

»Das ist gut. Endlich siehst du aus wie dein Vater.«

Ich war so ausgehungert, dass ich nichts anderes anschauen konnte als das Essen. Großmama stellte einen monumentalen Teller vor mich hin, auf den ich mich sogleich stürzte.

»Na, na, Paddy, hast du deine Manieren dort vergessen?«, mahnte Mama.

»Nie wieder schicken wir den Jungen zu diesen Barbaren!«, rief Großmama.

»Ich will aber wieder hin! Mir haben die Ferien auf dem Schloss gefallen!«

»Vielleicht gefällt es ihm, geschlagen zu werden«, sagte Großmama.

»Du fährst wieder hin«, entschied Großpapa.

Offensichtlich hielt der General die schlechte Behandlung bei den Nothombs für förderlich.

Und mich gewappnet für den Schulbesuch.

Er sollte recht behalten. Am ersten Grundschultag gehörte ich zu den wenigen, die sich nicht vor Angst in die Hose machten. In meiner Klasse kamen fünf Jungen auf fünfzehn Mädchen. Und die stellten keine Gefahr dar. Man musste ihnen nur Komplimente über ihre Haare machen, und die Sache war geritzt. Den Jungen gegenüber gab ich schmallippig und mit Blick zum Horizont den Harten – war ich doch der Sohn eines in die Luft gesprengten Soldaten und Enkel eines Generals.

»Ich habe Tuberkulose«, sagte Jacques zu mir, wahrscheinlich, um sich interessant zu machen.

»Ich kenne drei Leute, die daran gestorben sind«, erwiderte ich trostreich.

»Würdest du mir bei den Hausaufgaben helfen?«

Da ich seit Langem lesen und schreiben konnte, wurde ich zum Nachhilfelehrer meiner Schulkameraden. Im Schulhof blieb ich lieber allein und warf mich zu Boden, um einen imaginären Ball zu fangen.

Zu diesem merkwürdigen Verhalten befragt, erklärte ich, dass ich Torwart in der Fußballmannschaft werden wolle. Fußball sei nur für Schüler über zehn Jahren, wurde ich beschieden. Ich seufzte entnervt bei dem Gedanken, noch so lange warten zu müssen.

Ich gewöhnte mir an, die Pausen mit Jacques zu verbringen. Nach der Schule lud er mich zu sich nach Hause ein. Seine Mutter behandelte mich wie einen Intellektuellen, weil ich Klassenbester war. Und schenkte mir Pralinen in der Annahme, dass die schulischen Fortschritte ihres Sohnes mein Werk waren.

Nachts lag ich wieder in meinem warmen, bequemen Bett. Und dachte sehnsüchtig an die harte Liege im Schlafsaal zurück; wie schön das war, mit der Bande zu übernachten und der Eule zu lauschen! Mama betrachtete mich von ihrem Porträt aus mit nie gekannter Zärtlichkeit.

»Liebst du Pont d'Oye?«, fragte ich sie.

»An diesem Ort habe ich mein größtes Glück erlebt«, antwortete sie.

»Ich auch.«

Sie lächelte. Unser Glück war wohl nicht vergleichbar.

»Möchtest du nicht dorthin zurück?«

»Um nichts in der Welt. Es würde mir das Herz brechen.«

Das erste Trimester schien nicht enden zu wollen. Vor Weihnachten rief mich Großpapa zu sich.

»Du bist jetzt sechseinhalb. Du bist ein Mann, nicht wahr?«

»Ja.«

»Diesmal fährst du allein nach Pont d'Oye. Ich habe eine Fahrkarte für dich gekauft, Ursmar wird dich am Bahnhof von Habay-la-Neuve erwarten.«

Großmama protestierte und bestand darauf, mich zu begleiten. Doch der General ließ sich nicht davon abbringen.

»Der Junge muss härter werden«, wiederholte er wie ein Leitmotiv.

»Er wird zwei Wochen bei diesen Wilden sein! Reicht das nicht?«

»Ich kann meinen Koffer selbst tragen, Großmama!«

Allerdings hatte ich nicht mit der furchterregenden Menge von Konfekt und Keksen gerechnet, mit denen sie mein Gepäck beschwerte. Aber ich freute mich über die Vorräte, mit denen ich die

Sippe ernähren konnte, und schleppte den Koffer, ohne mit der Wimper zu zucken.

Die vier Stunden Zugfahrt waren märchenhaft. Je tiefer wir in die Ardennen vordrangen, desto höher wurde der Schnee. Der Wald trug eine so dicke Schicht, dass manche Bäume unter der weißen Last die Äste sinken ließen wie ich den Arm mit dem Koffer.

Ursmar hob ihn mühelos auf den Karren. Die letzten Kilometer rollten wir durch vollkommene Stille. Endlich tauchte das Schloss im Schnee auf. Diese Schönheit übertraf all meine Erwartungen.

Großmutter lief mir entgegen, frierend, obwohl in einen Mantel eingemummelt, und schloss mich in die Arme.

»Mein lieber Patrick, du bist ja ganz rot im Gesicht. Komm in die *shtouf*, um dich aufzuwärmen!«

»Wohin?«

»In die *shtouf*. So sagt man hier. Du wirst es gleich sehen.«

Shtouf war die Bezeichnung einer Existenzform, die es ermöglichte, den Winter in den Ardennen zu überleben. Dafür wurden sämtliche Bewohner eines Hauses einschließlich der Tiere in dem einen Raum gestapelt, der groß genug für alle war. In Pont d'Oye kam dafür nur der mittlere Salon infrage. Genau genommen war das gar keine *shtouf*, die Pferde waren nämlich nicht zugelassen. Immerhin ebnete die Kälte die sozialen Unterschiede ein – Léontine und Ursmar blieben bei den Nothombs.

Der Patriarch besetzte den besten Platz, den am Feuer.

»Welche Freude, dich wiederzusehen, Patrick! Komm in meine Arme!«

Ich schlängelte mich zwischen den verklumpten Leibern zu Großvater durch. Er nahm meine Hände in seine und betrachtete mich mit glänzenden Augen.

»Du hast uns so gefehlt!«

Der Gebrauch des Pluralis maiestatis war mir noch nicht geläufig, also glaubte ich wirklich, dass er im Namen des ganzen Clans sprach. Überwältigt von diesem Empfang, warf ich mit Küssen um mich, ohne die spöttischen Mienen der Kinder zu beachten.

Ursmar half mir, den Koffer nach oben zu tragen. Zurück in der *shtouf*, quetschte ich mich so gut es ging zwischen zwei Nothombs, um näher am Feuer zu sein. Die unter Decken begrabene Sippe schien keine andere Tätigkeit zu kennen, als Wärme zu verbreiten.

Abends brachte Léontine eine Suppenschüssel mit klarer Brühe, an der das einzig Gute ihre Temperatur knapp unter dem Siedepunkt war. Die Erwachsenen ließen drei Viertel davon mitgehen, die Kinder mussten sich ein paar Schöpfer der immer weniger dampfenden Flüssigkeit teilen, die wie fettiges, mit ein paar Zwiebelringen versetztes Wasser schmeckte. Außerdem mussten wir sie schnell in uns hineinschütten, denn sie kühlte mit beunruhigender Geschwindigkeit aus.

»Besser, es gibt nicht so viel Suppe«, sagte Charles. »Dann muss man nachts nicht aufstehen, um zu pissen.«

Nachdem das Brot bis zur letzten Krume vertilgt war, wurde das Abendessen für beendet erklärt.

»Gibt es denn kein Rhabarberkompott?«, fragte ich enttäuscht und erntete dafür Gelächter.

»Was glaubst du denn?«, belehrte mich Simon. »Der Sommer ist vorbei.«

Verdammt, dann würden wir jetzt noch weniger zu essen haben als in den großen Ferien!

Nach einer Stunde Aufenthalt in der *shtouf*, um uns aufzuwärmen, wurden wir Kinder nach oben geschickt. Ich verstand nicht gleich, warum meine fünf Gefährten so begeistert davon waren, bis ich sah, wie sie über meinen Koffer herfielen, um ihn auszuweiden. Wie hungrige Bestien stürzten sie sich auf die Keks- und Pralinenpäckchen, rissen sie auf und verschlangen den Inhalt.

»Wenn man bedenkt, dass du in Brüssel nach Lust und Laune Spekulatius haben kannst …«, bemerkte Colette und sah mich an, als wäre ich Sardanapal.

»Ist die Heizung nicht an?«, fragte ich.

»Hast du irgendwo etwas gesehen, das aussieht wie eine Heizung? Wir schlafen hier vollständig angezogen«, erwiderte Lucie.

»Auch Großvater?«

»Das ist was ganz anderes«, sagte Simon. »Ursmar sammelt die Glut in einer Bettpfanne und wärmt Papas Bett an, bevor der unters Federbett kriecht. Gut, genug geplaudert. Jetzt wird geschlafen.«

Die Kinder gehorchten wie ein Mann. Ohne Widerrede ging ich zu Bett. Dabei ging es darum, meinen Körper zwischen eine durchgelegene Matratze und eine Wolldecke zu schieben, die nicht dicker als ein Betttuch war. So eng ich mich auch darin einrollte, die Kälte brachte mich um. Die Temperatur im Speicher war wohl über dem Gefrierpunkt, aber nur knapp.

Ich lernte das schlimmste Gefühl des Universums kennen: Eisige Kiefer schlossen sich um mich. Zittern wäre die Rettung gewesen, aber aus unbekannten Gründen war mein Körper nicht zu dieser gesunden Reaktion in der Lage. Ich war mit Leib und Seele in dieser Qual erstarrt. Von den Füßen her kroch der Frost immer weiter nach oben. Meine Nase hatte schon die Konsistenz eines Eiswürfels. Wie überlebten die Kinder in diesem Dachgeschoss?

Ich hörte Simon schnarchen. Es war also möglich, unter diesen Bedingungen zu schlafen. Mir gelang es nicht. Wie gern wäre ich zu den Erwachsenen in die *shtouf* hinuntergegangen. Hätte ich diesem Wunsch nachgegeben, hätte ich mir allerdings die schlimmste Strafe verdient: die Ehrlosigkeit.

Es blieb also nur der Tod. Ich war seit sechseinhalb Jahren auf der Welt, das Leben kam mir ziemlich lang vor. Was hatte ich nicht schon alles erlebt! Ein Maler hatte mich in den Armen meiner Mutter porträtiert. Ich hatte den Beruf des Torwarts erlernt. Und Jacques, mit dem ich mich in der Schule angefreundet hatte, würde sich bestimmt an mich erinnern. Ich konnte gelassen den Tod erwarten. Doch in mir tobte ein Aufruhr, eine von fern gekommene Kraft schrie in meinen Knochen. Ich beschloss, sie zu ignorieren. Dann würde man schon sehen. Tapfer würde ich ins Jenseits schreiten, ohne einen einzigen Seufzer.

Auf einmal passierte ein Wunder. Jemand schüttelte mich an der Schulter. Es war Donate.

»Du musst auch den Kopf unter die Decke stecken!«

In der Finsternis gemahnte sie an eine Pythia. Sie schien im Dunkeln sehen zu können. Da ich sie nur erschrocken anstarrte, packte sie meine Decke, zog sie mir übers Gesicht und wickelte sie mir um den Kopf.

»Und jetzt schlaf!«, flüsterte sie.

Dann hörte ich, wie sie sich in ihrem Bett umdrehte.

Ich musste mir eingestehen, dass sie recht hatte. Mein Atem wärmte bald den von der Decke umschlossenen Raum auf, und meine Körpertemperatur war fast wieder annehmbar. Sogar meine Zähne begannen zu klappern, ein hervorragender Schutzmechanismus, der vorher nicht möglich gewesen war.

Gerettet hatte mich allerdings nicht nur Donates guter Rat, sondern auch die Erkenntnis, dass es jemanden gab, dem mein Schicksal am Herzen lag. Ich war nicht allein auf der Welt. Dass sich ausgerechnet die behinderte Donate um mich sorgte, rührte mich besonders. Ob auch Dankbarkeit für das Stück Brot im Spiel war, das ich ihr letzten

Sommer mitgebracht hatte? Ich glaube, nein. Sie hätte wohl für jeden anderen das Gleiche getan.

Dann schlief ich ein.

Ein paar Stunden später wachte ich von einem dringenden Bedürfnis auf. Ich musste an Charles' Worte denken. Aber es gab keine andere Lösung. Ins Bett Pipi zu machen wäre unentschuldbar gewesen. Also nahm ich meinen ganzen Mut und noch ein bisschen mehr zusammen und stand auf.

Meine Angst war so groß, dass sie die Kälte besiegte. Der Abstieg vom Dachboden war ein gefährliches Abenteuer, und für die Schwärze, die mich auf der Wendeltreppe erwartete, gab es keinen Namen. Während ich die Stufen bis zum ersten Absatz hinunterstieg, hoffte ich noch, dass ein Erwachsener womöglich eine Lampe vergessen hätte. Doch dort erwartete mich eine noch tiefere Finsternis.

Den Anfang der zweiten Treppe konnte ich nur ertasten. Ich kroch auf allen vieren, um nicht in den Abgrund zu stürzen. Es war ein Wunder, dass ich mir nicht unterwegs in die Hose machte. Unten angekommen, war ich so durcheinander, dass ich rund zehn Minuten brauchte, bis ich die Tür zur Toilette entdeckt hatte. Als ich endlich auf der Schüssel saß, entleerte ich mich ganz und gar, so sehr hatte der Schrecken mein Bedürfnis vervielfacht. Ich war so vernünftig, nicht das Licht aufzudrehen, weil es mir mit an die Dunkelheit gewöhnten Augen wahrscheinlich leichterfallen würde, den Rückweg zu finden.

Die Wasserspülung machte Geräusche, die mich fürchten ließen, das Gebäude würde gleich zusammenstürzen. Hastig lief ich die erste Treppe hinauf und hatte dabei das Gefühl, dass mich etwas streifte. Eine Ratte vielleicht? Sosehr ich mich auch davor ekelte, hoffte ich doch, dass es wirklich eine war. Wie ich dagegen ankämpfen musste, nicht vor Entsetzen aufzustöhnen!

Die Ratte hielt mich offenbar für einen lebenden Schinken, denn als ich die zweite Treppe in Angriff nahm, schlug sie ihre Zähne in meinen Oberschenkel. Ich verjagte sie mit einem Fußtritt. Verblüfft von meiner eigenen Kühnheit, erreichte ich den Schlafsaal, der mir nun wie ein sicherer Hafen vorkam. Ich legte mich wieder hin, tauchte mit dem Kopf unter die Decke und schlief ein, nachdem ich mir geschworen hatte, in Zukunft vor dem abendlichen Aufstieg in den Schlafsaal auf die Toilette zu gehen.

Am Morgen schneite es nicht mehr. Hinauszugehen kostete Überwindung, die aber bald vergessen war, so bezaubernd war der Anblick des unter dem Weiß begrabenen Schlosses und Waldes. Ich dachte, wir würden gleich spielen gehen, aber das war ein Irrtum. Auf Simons Befehl mussten wir erst den Schnee vom Eis fegen, bevor er schmolz und das Schlittschuhlaufen auf dem See verhinderte.

Wir schnappten uns alle eine Art Kratzbesen und schrappten damit meterweise Neuschnee von der gefrorenen Oberfläche. Dann holten wir uns alte Schlittschuhe aus dem Schuppen. Dass ich noch nie im Leben eisgelaufen war, behielt ich lieber für mich, es würde ohnehin bald auffliegen. Fest entschlossen, mich um jeden Preis anzupassen, erfand ich in Windeseile eine Methode, die es mir erlaubte, nicht pausenlos hinzufallen. Die Technik heißt Tempo und ist so alt wie die Welt. Läuft man schnell und mit großen Schritten, erzeugt man damit die Illusion, es zu können, und wälzt sich nicht ständig auf dem Boden.

»Du stellst dich ja gar nicht so schlecht an«, sagte Charles.

Stolz wie Artaban, merkte ich, dass mir heiß geworden war. Ein köstliches Gefühl. Ich setzte mich an den Rand des Sees, um die prachtvolle Landschaft zu bewundern, ohne mir der Gefahr bewusst zu sein, in die ich mich damit begab: Schneller, als man das hier aufschreiben kann, begann mein Schweiß zu erkalten. Ich schloss mich wieder den anderen an, um weiterzulaufen, aber das half nicht mehr.

»Der Frost gewinnt immer«, klärte mich Großmutter später im Schloss auf, als sie meine klammen Sachen aufhängte.

»Heißt das, man darf beim Schlittschuhlaufen nie eine Pause machen?«, fragte ich.

»Nein, aber du solltest dich so anziehen, dass du nicht schwitzt. Am besten ist es, wenn du draußen immer ein bisschen fröstelst. Merk dir das gut!«

Ich ließ es mir gesagt sein. Das ging natürlich nicht ohne Vertun, was mir einen Dauerschnupfen einbrachte, aber solange es nicht auf die Lunge schlug, hielten wir uns für gesund.

In meinen bis dahin sechseinhalb Jahren Leben waren diese Weihnachtsferien das, was dem Glück am nächsten kam. Diese Tage, die wir damit verbrachten, auf dem in den Wald geschmiegten See eiszulaufen oder die schneebedeckten Wege entlangzustapfen, versetzten mich in ein nicht enden wollendes Entzücken. Und ich fand es immer noch grandios, einer Kinderbande anzugehören.

Simon zerbrach sich den Kopf, um neue Torturen für mich zu erfinden. Wenn ein Sturm uns daran hinderte, nach draußen zu gehen, sperrte er mich mit einem Gedichtband seines Vaters auf der Toilette ein und befahl mir, mehrere Seiten davon auswendig zu lernen. Das Trianon war der kälteste Raum im ganzen Schloss, und ich fror so entsetzlich, dass mein Gedächtnis sich die Verse in Blitzgeschwindigkeit einverleibte.

»Fertig!«

Dann wurde ich aus dem Gefängnis geholt und musste vor den fünf Kindern den gelernten Text rezitieren, während Simon die Treue der Wiedergabe anhand des Buches überprüfte, das er mir wieder abgenommen hatte. Jeder noch so kleine Irrtum – »die« statt »sie« oder »ein« statt »der« – reichte, um mich wieder einzusperren und die Zahl der zu lernenden Gedichte zu verdoppeln.

Eines Tages begab sich Pierre Nothomb höchstselbst an jenen Ort, wo auch Könige zu Fuß hingehen, und überraschte mich dabei, wie ich seinen fünf jüngsten Kindern mit großem Ausdruck ein paar von seinen Gedichten vortrug.

Weit entfernt davon, die hinter dieser Szene verborgene Strafe zu erahnen, schloss mich Großvater gerührt in die Arme.

»Mein lieber Patrick, ich wusste gar nicht, dass du mein Werk so liebst! Und wie schön du es rezitierst!«

Es war das erste Mal, dass ein Mann mich umarmte – in diesem Moment konnte ich ermessen, wie sehr ich mich nach einem Vater sehnte.

Abends, als sich der Clan in der *shtouf* aufwärmte, erzählte Großvater allen seine Version des Geschehens:

»Patrick ist ein kleiner Junge, der sich seiner Liebe schämt. Ich habe ihn dabei überrascht, wie er voll Inbrunst seine liebsten Gedichte aus meiner Feder rezitierte. Als Publikum hatte er meine jüngsten Kinder ausgewählt, um ihnen das Genie ihres Vaters nahezubringen. Und diese kleinen Wilden lauschten ihm mit offenem Munde. Kann man, wenn man solche Wunder erlebt, noch an der göttlichen Gnade zweifeln?«

Überwältigt von dem Gehörten, küsste mich Großmutter. Und drückte mir, bevor ich abreiste, ein Buch in die Hand.

»Da du Gedichte so liebst, mein Schatz, schenke ich dir dieses Bändchen, das ich immer bei mir hatte.«

Es war eine schlichte Schulausgabe der Gedichte Arthur Rimbauds.

»Arthur Rimbaud ist der größte Dichter aller Zeiten«, erläuterte sie. »Und er wurde nicht weit von hier geboren, in den französischen Ardennen.«

Auf der Rückfahrt schlug ich das geschenkte Buch auf. Als Kind hat man den Vorteil, dass man nicht versucht, die dumme Frage zu beantworten, ob man etwas mag oder nicht. Mir ging es ums Entdecken.

Also versuchte ich mir einen Weg durch diese steil aufragende Dichtung zu bahnen. Doch die Gipfelkämme schienen mir zu schwer zu erreichen. Trotzdem gab ich mir selbst das Versprechen, diese Höhen zu erklimmen, wenn ich erst einmal trittsicherer wäre.

Zurück in Brüssel, wurde ich nach dem nun feststehenden Szenario mit lärmendem Mitgefühl und einem wärmenden Bad empfangen. Während Großmama wieder feststellte, wie mager ich geworden war, ließ ich mich wollüstig ins dampfende Wasser gleiten. Wer zwei Wochen lang gefroren hat, ist ausreichend damit beschäftigt, sich zu wärmen.

»Wahrscheinlich hast du nicht einmal ein Weihnachtsgeschenk bekommen!«, empörte sich Großmama.

»Doch, ein Buch.«

Ich zeigte ihr das abgewetzte Bändchen.

»Was für ein Luxus!«

Ich verstand nicht, dass das ironisch gemeint war. Und Großmama wusste bestimmt nicht, wer Rimbaud war.

»Du musst nicht mehr nach Pont d'Oye, mein Schatz«, sagte sie liebevoll.

»Doch, bitte, Großmama, ich möchte im Sommer wieder hin! Ich bin so gerne dort!«

»Wie du willst«, erwiderte sie achselzuckend.

Ehrlich gesagt, wäre ich am liebsten auch in den Osterferien hingefahren, aber ich hatte das Gefühl, dass ich es lieber nicht so an die große Glocke hängen sollte, wie sehr die Nothombs mich faszinierten. Manchmal überraschte ich Großpapa und Großmama bei Geheimverhandlungen, die, wenn ich den Raum betrat, abrupt endeten. Nachdem ich einmal den Namen Pierre aufgeschnappt hatte, wollte ich nichts mehr hören.

Es war Krieg. Ich würde gern behaupten, dass mich das interessierte. Wahrscheinlich ist, dass ich nicht viel davon verstand. Die Lehrer mieden das Thema in der Schule vorsichtshalber. Ich erinnere mich nur daran, dass wir ein paar Nächte im Keller verbrachten, und an Großmamas angsterfülltes Gesicht.

Das Einzige, was ich im Zusammenhang mit

diesem Konflikt feststellen konnte, war eine Steigerung von Mamas Anglomanie. Sobald sie eine möblierte Wohnung in Ostende mieten konnte, fuhr sie mit mir dorthin, egal, ob Schule war oder nicht. Bei schönem Wetter, versicherte sie mir, könne man vom Ende der Hafenmole aus die Kreidefelsen von Dover sehen. Ich ließ mich auf ihre Fiktion ein und erörterte mit ihr gemeinsam jedes Detail dieser Fantasielandschaft.

Wenn wir dann ins Restaurant essen gingen, rührte sie ihre Seezunge kaum an und sah mir betrübt dabei zu, wie ich meine Krabbenkroketten in mich hineinstopfte.

»Wenn du ein Mann von Welt werden willst, Paddy, darfst du nicht so schlingen.«

Ich traute mich nicht, ihr zu sagen, dass mir der Ehrgeiz, ein Mann von Welt zu werden, fremd war. Ich wollte Torwart werden.

Der beste Moment im Jahr war für mich die Zugfahrt von Brüssel nach Habay am ersten Tag der Sommerferien. Immer hatte ich Großmutters Geschenk bei mir, das über die Jahre zu meinem Lieblingsbuch wurde. Einmal entdeckte ich beim Lesen in einem langen Gedicht mit dem Titel *Das trunkene Schiff* eine Folge von Versen, die mir die Seele verdrehte:

Wenn ich noch Sehnsucht nach Europas
Wassern habe,
Dann nach dem schwarzen Tümpel, wo
im Abendschein
Voll süßem Duft ein kauernder, trauri-
ger Knabe
Mit Schiffchen spielt, wie Frühlings-
schmetterlinge fein.

Diesen Tümpel kannte ich. Es war ein unscheinbarer, im Wald versteckter Bach. Zu der Zeit gab es keine Trockenheit, die Ardennen waren durchzogen von Wasserläufen, doch dieser, der langsam und traurig dahinfloss, war meiner, zu dem ich allein ging. Ich beschloss, ihn Tümpel zu taufen.

Da enthüllte mir die Poesie ihre Macht: Das Bächlein als Rimbauds Tümpel zu identifizieren machte es für mich magisch. Ich verfügte, dass ich meinem Vater begegnen würde, wenn ich mit dem Kopf darin untertauchte. Und tatsächlich erschien mir, als ich es einmal besonders lange aushielt, ein Männergesicht.

Am Ende des Krieges war ich neun Jahre alt. Es änderte sich nicht viel, außer im Geschichtsunterricht, wo sich der Lehrer nun traute, das Thema mit Samthandschuhen anzufassen.

In Pont d'Oye gab es nach 1945 auch nicht mehr

zu essen. Die Kindheit zu überleben blieb eine darwinistische Herausforderung für die Nachkommen Pierre Nothombs.

Im Sommer 1951 stellte ich fest, dass Donate nicht mehr da war.

»Sie ist in einer Einrichtung«, erklärte Charles. »Sie ist jetzt siebzehn, es war nicht mehr möglich, sie hierzubehalten.«

Das tat mir leid – ich hegte eine zärtliche Zuneigung für Donate.

»Und wir beide sind jetzt fünfzehn«, fügte Charles hinzu. »Wir sind keine Kinder mehr.«

Dieser Satz ließ mich erstarren. Wir waren nun bei den Erwachsenen zugelassen, und zwar nicht dank der Gnade einer besonderen Reife, sondern wegen der Abwesenheit anderer Kinder.

Bei Tisch wurde die Königsfrage diskutiert, wie überall in Belgien zu jener Zeit. Merkwürdigerweise gab es keinen Streit.

Simon, der zwanzig war und schön wie ein Filmstar, hatte seine aktuelle Eroberung eingeladen, ein entzückendes Wesen, aber so verängstigt von den Blicken des Clans, dass es kaum etwas zu sagen wagte.

»Wird er sie heiraten?«, fragte ich Charles.

»Machst du Witze? Die wechseln jede Woche.«

Nachdem wir die magere Kost verschlungen hatten, fragte mich Charles, was ich einmal werden wollte. Meine Antwort war dieselbe wie mit sechs:

»Torwart.«

»Ernsthaft?«

»Ja.«

»Schau dich doch an, Patrick. Du hast überhaupt keine Muskeln, du bist ein Intellektueller. Such dir lieber was anderes.«

Ich dachte nach und sagte dann: »Bahnhofsvorsteher.«

Charles lachte, als ob er mich für einen rettungslosen Fall hielte. Seine Reaktion enttäuschte mich. Torwart oder Bahnhofsvorsteher waren die Berufe, die ich interessant fand. Sonst reizte mich nichts.

Das Ende der Kindheit war für mich keine Freude. Das Einzige, was ich mir wirklich wünschte, war ein Vater. Lange hatte ich meinen beiden Großvätern diese Rolle zugedacht. Mit der Zeit musste ich leider einsehen, dass sie ihr nicht gerecht wurden. Sie waren beide über siebzig, das war ein Problem.

Charles war so alt wie ich, und mein Großvater war sein Vater. Ich nahm meinen ganzen Mut zusammen und sprach ihn darauf an.

»Du hast recht«, sagte er, »das ist schon komisch. Normalerweise erklärt dir dein Vater die Welt, in der du lebst. Papa hat davon keine Ahnung, er ist zu alt dafür. Ich respektiere ihn, aber er ist nicht in der Lage, seine Rolle auszufüllen.«

»Wenn du wüsstest, wie sehr mir ein Vater fehlt!«

»Was du dir immer vorstellst! Ich habe einen Vater, aber das hilft mir auch nicht weiter.«

»Bei Shakespeare sind die Väter so wichtig und wunderbar. Und es gibt solche Väter, da bin ich mir sicher.«

»Du liest Shakespeare!«

Ich errötete vor Scham. Von Großvater und Großmutter abgesehen, sollte man gegenüber den Wilden von Le Pont d'Oye lieber nicht durchblicken lassen, dass man über Bildung verfügte.

Charles war drauf und dran, der Bande mein Geheimnis zu verraten, um sich über meine Blödheit lustig zu machen, da geschah Folgendes: Lucie bekam Nasenbluten, und ein paar Sekunden später fiel ich in Ohnmacht.

Als ich erwachte, standen die Nothombs an meinem Bett.

»Was ist passiert?«, fragte ich.

»Das wollten wir eigentlich von dir wissen: Warum bist du umgekippt?«

»Ich habe das Blut aus Lucies Nase rinnen sehen, und dann ist mir schwarz vor Augen geworden.«

»War es das erste Mal, dass du Blut gesehen hast?«, fragte Großmutter.

»Ich glaube, ja.«

»Dann war es das: Beim Anblick von Blut wirst du ohnmächtig.«

»Das gibt es?«, fragte Simon.

»Ja«, sagte Großmutter. »Eine alte Tante von mir hatte dasselbe Problem.«

Ihre Antwort verschlimmerte meinen Fall. Ich wurde zum Gespött des Clans.

»Du Mädchen!«, höhnte Simon.

»Ich protestiere!«, widersprach Colette. »Wir Frauen werden nicht ohnmächtig, wenn wir Blut sehen, wir kennen es besser als ihr.«

»Und Mamas alte Tante?«, gab Simon zu bedenken.

»Die war nicht normal«, stellte Colette klar.

Ich war erledigt. Diese Eigenheit blieb mir erhalten. Ich muss nur menschliches oder tierisches Blut sehen und bin weg. Dabei kann ich nicht einmal von einer Phobie sprechen, weil ich nicht lange genug bei Bewusstsein bin, um das Phänomen zu analysieren. Dem Komplementaritätsprinzip entsprechend trug diese Erkenntnis noch zu meiner Krankheit bei. Seither reicht der Anblick eines blutigen Steaks oder Tatars. Und das wurde zu einem nicht zu unterschätzenden Handicap.

Hätte ich einer anderen Generation angehört, hätte man mich wahrscheinlich zum Psychologen geschickt. Man muss allerdings kein großartiger Experte sein, um auf die Idee zu kommen, dass das etwas mit dem Tod meines Vaters zu tun hatte. Wenn eine Mine explodiert, spritzt das Blut wahrscheinlich wie Feuerwerksfontänen.

Nach der Entdeckung meiner Achillesferse nutzten die bösen Buben von Pont d'Oye das schamlos aus. Simon etwa ließ keine Gelegenheit aus, sich die Haut zu ritzen, nur um des Vergnügens willen, meiner sofortigen Ohnmacht beizuwohnen.

Aus der Küche wurde ich verbannt, weil nicht auszuschließen war, dass ich dort auf einen rohen Braten stieß.

In seiner Bosheit hoffte Simon, dass das Wort dieselbe Wirkung hätte wie die Sache selbst. Aber das war glücklicherweise nicht so. Ich hasse das Wort Blut, aber es ist für mich harmlos. Sosehr Simon sich auch bemühte, in einer Logorallye das Wort in jedem Satz, den er sagte, unterzubringen, wurde ich doch nie davon ohnmächtig.

Das änderte aber nichts daran, dass ich gezeichnet aus den Ferien zurückkehrte. Ob Großvater Großpapa angerufen hat? Ich weiß es nicht.

Einmal erzählte ich, der stets davon träumte,

seiner Mutter eine Freude zu machen, von meinem Wunsch, zum Militär zu gehen. Mama sah mich aufmerksam an. Doch Großpapa bereitete diesem Erfolg ein Ende, indem er sagte: »Das geht nicht, Patrick.«

»Und warum nicht?«, rief meine Mutter entrüstet.

»Sag es ihr, Kleiner.«

Warum hatte ich mich in ein derartiges Schlamassel hineinreiten müssen? Hätte ich bloß den Mund gehalten! Dieses verfluchte Bedürfnis, meiner Mutter zu imponieren! Nun betrachtete sie mich mit einem Gesichtsausdruck, der besagte: »Bring es zu Ende, mein Sohn, ich habe schon so lange gelitten, dass ich jetzt so weit bin ...«

Schweren Herzens gestand ich es:

»Wenn ich Blut sehe, werde ich ohnmächtig.«

»Was ist denn das wieder für eine Geschichte?«, fragte sie.

»Es ist die Wahrheit, meine Tochter«, sagte Großpapa. »Und da Patrick bestimmt keine Lust hat, als Bleistiftspitzer bei der Armee zu enden, empfehle ich, dass er sich einen anderen Beruf sucht.«

Nach dieser Demütigung warf ich aus reiner Provokation die Hypothese in den Raum: »Ich könnte Dichter werden.«

»Nein, auf gar keinen Fall!«, rief Großpapa aufgebracht. »Einer in der Familie reicht! Oder möchtest du vor Hunger krepieren wie in Pont d'Oye?«

Ich senkte den Blick. Denn wenn ich jetzt noch meinen Wunsch äußerte, Torwart oder Bahnhofsvorsteher zu werden, hätte man mich vermutlich sofort ins Exil geschickt.

»Ach, Paddy, was machen wir nur mit dir?«

»Komm schon, meine Tochter«, sagte Großmama, »dein Sohn hat doch einiges vorzuweisen. Er ist höflich, brillant, friedfertig, wortgewandt …«

Die Aufzählung dieser Tugenden kränkte mich – das war das Gegenteil dessen, was ich sein wollte. Und wie kam Großmama auf die Idee, ich wäre wortgewandt? Ich redete doch kaum! Aber vielleicht meinte sie das damit.

»Und für welche Karriere kann man diese Eigenschaften brauchen?«, seufzte meine Mutter, die aus diesem Porträt ersah, wie sehr ich mich von den Nothombs unterschied.

»Für die Karriere schlechthin!«, erwiderte Großmama.

»Was soll das sein?«, fragte ich.

»Na, die Diplomatie.«

»Und was ist das?«

»Na, komm schon, Patrick, das solltest du wissen. Diplomaten sind Menschen, die ihr Land im Ausland repräsentieren. Sie unterstützen dort ihre Landsleute und verhindern auch manchmal Kriege.«

»Wie langweilig!«, stöhnte ich.

Die drei Erwachsenen lachten. Ich war verzweifelt. Meine Achillesferse verdammte mich also zu einer Karriere für höfliche, friedfertige Menschen. Das durfte nicht sein! Ich beschloss, Dramatiker zu werden.

In der vergangenen Saison war Großmama mit mir zu einer Aufführung von *Cyrano de Bergerac* im Théâtre du Parc gegangen. Das hatte mir sehr gefallen. Also begann ich ein Stück zu schreiben, das ungefähr die gleiche Geschichte erzählte, nur dass das Handicap des Helden nicht seine große Nase war, sondern seine Neigung, ohnmächtig zu werden, wenn er Blut sah. Mir wurde allerdings bald klar, dass das nicht funktionierte. In Duellen kippte mein Held beim ersten Blut aus den Latschen. Er war eine lächerliche Figur.

Methodisch erstellte ich eine Liste der Themen, die aufgrund meiner Schwäche nicht vorkommen durften – denn ich müsste meine Rollen natürlich selbst übernehmen wie Molière oder wenigstens im Theater anwesend sein, außerdem wollte ich nicht überprüfen, ob auch Theaterblut als Auslöser für eine Ohnmacht reichte. Ich musste also

Kämpfe, Vampire, Jungfrauen und die Gralssuche meiden – also eigentlich alles, was Menschen von den Stühlen riss.

Mir blieb also nichts anderes übrig als psychologische Themen oder der Symbolismus. Ich hätte mich am liebsten aufgehängt. Fünfzehn zu sein war die Hölle. Mein Horizont verengte sich.

Als die Schule wieder begann, erzählte mir Jacques von dem, was er seinen »Flirt« mit einer jungen Engländerin nannte.

»Das waren vielleicht tolle Ferien, mein Lieber! Das mit den Mädchen solltest du unbedingt auch mal probieren.«

Er hatte wahrscheinlich recht. Aber warum regte sich nichts in mir? War ich noch zu kindlich? Ich musste an Simon denken.

»Ich bin eben nicht schön«, erklärte ich.

»Und? Bin ich vielleicht schön?«, erwiderte Jacques. »Außerdem bist du nicht hässlich. Das reicht vollkommen.«

Beruhigt von dieser Behauptung, fragte ich mich, wo ich Mädchen kennenlernen könnte. Seit meinem Wechsel aufs Gymnasium war ich auf einer Jungenschule.

Jacques muss mir die Frage von den Augen abgelesen haben, denn er schlug vor, nach dem Unterricht gemeinsam zu einer Mädchenschule in der Nähe zu gehen. Um Viertel nach vier bezogen wir auf dem Bürgersteig gegenüber dem Tor des Collège Sainte-Ursule Stellung.

Eigentlich hatte ich noch nie ein richtiges Mädchen gesehen. Die Demoiselles vom Stamme Nothomb ähnelten, sofern sie die familiäre Rohheit überlebten, eher der Pasionaria als dem, was ich mir unter einem richtigen Mädchen vorstellte: ein durchscheinendes, verträumtes Wesen, nicht ganz von dieser Welt.

Als die Schülerinnen von Sainte-Ursule aus den Toren strömten, stand ich mit offenem Mund da. Die Hälfte von ihnen war so hübsch, dass ich gar nicht wusste, wo ich zuerst hinschauen sollte. Was die Methode der Annäherung betraf, verließ ich mich ganz auf Jacques, der schließlich ein Mann mit Erfahrung war. Der stand genauso sprachlos da wie ich, überrollt von Wellen aus Anmut und Lebendigkeit. Eine halbe Stunde später war alles vorbei.

»Und?«, fragte ich.

»Nicht berühmt, alles nur kleine Fische«, befand er.

»Du machst Witze! Da war doch eine entzückender als die andere.«

»Deine Begeisterung ist fehl am Platz, Patrick. Frauen lieben arrogante Männer.«

»Dich hat aber auch keine beachtet.«

»Sie tun nur desinteressiert. Heute habe ich den Boden bereitet.«

Nachdem der Boden bereitet war, kamen wir am nächsten Tag wieder.

Um Viertel nach vier klopfte mein Herz wie verrückt. Und das Wunder wiederholte sich: Die Tore öffneten sich und entließen lauter liebreizende Geschöpfe. Selbst die Benachteiligten trieften vor Charme. Um die Wahrheit zu sagen: Jede von ihnen hätte mich zum glücklichsten Jungen der Welt gemacht.

Da nahm das Drama seinen Lauf: Jacques hatte einen der Anfälle, deren Geheimnis nur er kannte. Der lungenkranke Junge musste so stark husten, dass er schließlich einen Strom von Blut auf den Bürgersteig erbrach. Und ich fiel in Ohnmacht.

Als ich daraus erwachte, hatte ein Mädchen von himmlischer Schönheit mir die Hand auf die Stirn gelegt.

»Wo ist Jacques?«, stammelte ich.

»Ich weiß nicht, wovon Sie sprechen, Monsieur. Sie sind in Ihrem Blut zusammengebrochen. Seit wann leiden Sie an Tuberkulose?«

»Ich weiß nicht«, antwortete ich, schwer beeindruckt davon, dass sie Monsieur zu mir gesagt hatte.

»Soll ich einen Rettungswagen rufen?«

»Nein, ich gehe nach Hause.«

Sie half mir beim Aufstehen. Und als mein Blick

auf die Pfütze getrockneten Blutes fiel, in der ich gelegen hatte, entdeckte ich, dass nur frisches, lebendig sprudelndes Blut bei mir eine Ohnmacht hervorrief. Auch die Blutflecken auf meinem Mantel ließen mich kalt.

Édith begleitete mich bis zur Place de Jamblinne de Meux. Sie war vierzehn und wollte Krankenschwester werden. Ihre Eltern hatten sie wegen Edith Cavell so getauft, und die Eponymie hatte funktioniert: Édith sah in mir einen Schwerkranken, den es zu retten galt, und ihr Bernhardiner-Instinkt schmückte mich mit für sie unwiderstehlicher Anziehungskraft.

Froh über diesen Glücksfall, hütete ich mich, ihr reinen Wein einzuschenken. Édiths langes Haar war von einem Blond zwischen weichen Karamellbonbons und Weizenbier. Sie lächelte unentwegt, und ihr Gesicht erinnerte an die Madonnenantlitze auf flämischen Gemälden.

Sie war ungemein aufmerksam, fragte mich ständig nach meinem Befinden und bot mir an, mich beim Gehen zu stützen. Das lehnte ich ab, wie es der harte Kerl, den ich verkörpern wollte, getan hätte.

Vor meinem Haus angekommen, wollte Édith mit meinen Eltern sprechen. Ich übertrieb es ein wenig, indem ich behauptete, Waise zu sein. Édiths schöne Augen wurden noch größer. Sie gab mir ihre Telefonnummer.

Am nächsten Tag wollte Jacques wieder zum Collège Sainte-Ursule gehen. Ich lehnte ab, ohne mich zu einer Erklärung herabzulassen.

»Verstehe«, sagte er bitter. »Da glaubst du, einen Freund zu haben, und dann findet er heraus, dass du Tuberkulose hast.«

»Das weiß ich doch schon ewig. Ich habe nur beschlossen, mich mehr auf die Schule zu konzentrieren, das ist alles. Außerdem solltest du nicht weglaufen, wenn du das nächste Mal auf der Straße Blut spuckst.«

»Und du solltest aufpassen, dass du nicht mit mir zusammen bist, wenn du das nächste Mal in Ohnmacht fällst.«

Nach diesen endgültigen Sätzen hielten wir Abstand zueinander. Ich traf mich heimlich mit Édith und schrieb Verse für sie, die sie brillant fand. Ob ich verliebt war? Bestimmt. Ich dachte von früh bis spät an sie. Wie gern hätte ich sie geküsst! Als ich es versuchte, entzog sie sich.

»Verstehe«, sagte ich. »Du hast Angst, dich anzustecken.«

Die Kränkung saß – sofort presste sie ihre Lippen auf meine. Meine mangelnde Erfahrung war bestimmt genauso zu spüren wie ihre, aber was machte das? Es war ein fabelhafter Moment. Ich umarmte sie, drückte sie an mich, roch ihren Seifenduft und war hin und weg.

Sie floh und schenkte mir ihre Abwesenheit, damit ich ihr Geschenk besser genießen konnte. Ich eilte nach Hause und legte mich auf mein Bett. Den Blick auf das Porträt gerichtet, sagte ich zu meiner Mutter: »Jetzt bist du nicht mehr die Frau meines Lebens!«

Beim nächsten Treffen war Édith verändert.

»Ein Kuss ist extrem ansteckend. Ich habe mich erkundigt: Ich werde sehr wahrscheinlich Tuberkulose bekommen und deshalb meine Ausbildung zur Krankenschwester nicht machen können. Du hättest mich nicht dazu provozieren sollen, das war unfair.«

Aus Liebe beging ich daraufhin eine riesige Dummheit.

»Mach dir keine Sorgen, Édith, ich hatte nie Tuberkulose. Das Blut am ersten Tag stammte von meinem Freund Jacques.«

»Aber du warst doch bewusstlos!«

»Ja, weil ich beim Anblick von Blut ohnmächtig werde.«

Sie bedachte mich mit einem verächtlichen Blick, der ihr hübsches Gesicht entstellte.

»Ich will dich nie wiedersehen!«, sagte sie und verließ mich.

Der hässliche Ausdruck auf ihrem Gesicht heilte mich im Handumdrehen. Ich empfand keinen Liebeskummer, nur Erleichterung bei der Idee, dass ich mich nicht hatte einfangen lassen. Hätte Édith mich wahrhaft geliebt, hätte sie sich über meine Gesundheit gefreut. Aber vor allem hatte mir die beleidigte Fratze ihren Charakter offenbart.

Eine Lebensweisheit habe ich aus dieser Geschichte gezogen: Verliebe dich nie in eine Frau, bevor du sie wütend gesehen hast. Wut enthüllt das wahre Wesen. Jeder kann sich mal ärgern, ich wie alle anderen auch, aber zwischen gesundem Streit und Erbitterung besteht ein himmelweiter Unterschied. Dieser Anblick beendete bei mir die Kristallisation.

In der Schule erfuhr ich, dass Jacques allen meine Achillesferse verraten hatte.

Feixend fragten Schulkameraden: »Du fällst also einfach um, wenn du Blut siehst?«

Einen Freund zu verlieren ist eine Qual. Zehn Jahre Freundschaft mit Jacques hatten sich in Luft aufgelöst. Ich zeigte mein Leiden nicht. Ich war fünfzehn Jahre alt und hatte gerade meinen ersten Kuss und meinen ersten Verrat erlebt.

In der letzten Reihe saß ein Junge namens Hubert Durt mit undurchdringlichem Gesicht, der ununterbrochen irgendetwas lernte. Ich setzte mich neben ihn und sah, dass er Ideogramme übte.

»Lernst du Chinesisch?«

»Das ist Japanisch, auch wenn es relativ ähnlich aussieht.«

»Warum machst du das?«

»Weil es selbstverständlich ist.«

Da klang kein Dünkel mit. Ich fragte ihn aus und erfuhr, dass er bereits Sanskrit schreiben und sprechen konnte. Davon abgesehen hatte Hubert nichts von einem Klassenprimus, was er im Übrigen auch nicht war. In Mathematik, Naturwissenschaft und Turnen schnitt er sogar schlechter ab als ich, was schon etwas heißen will.

»Wenn ich Blut sehe, falle ich in Ohnmacht«, gestand ich ihm gleich als Erstes.

»Das ist sogar mir zu Ohren gekommen.«

»Findest du das lächerlich?«

»Ich habe dazu keine Meinung.«

Diese Antwort hörte ich oft von ihm.

Hubert machte auf niemanden einen besonderen Eindruck und war allen einschließlich sich selbst gegenüber gleichgültig. Wir wurden unzertrennlich, wie Castor und Pollux. Die Lehrer nannten uns nur noch Durtenothomb oder Nothombédurt.

Streitigkeiten, in dem Egos, Kränkungen oder Testosteron eine Rolle spielten, tangierten Hubert nicht.

Einmal wollte ich ihn verblüffen, indem ich ihm erzählte, dass ich schon ein Mädchen auf den Mund geküsst hatte.

»Und, war es gut?«, fragte er unbeteiligt.

»Verdammt gut!«

Er nahm das hin wie jemand, der eine Information abspeichert, um sie zu gegebener Zeit noch einmal zu überprüfen. Nun stand ich da wie ein begossener Pudel. Es kommt eben immer anders, als man denkt.

Bis zum Ende meiner Schulzeit hatte ich keinen anderen Freund. Hubert tat mir gut. Seine Klugheit und Sanftmut färbten auf mich ab – zumindest möchte ich das glauben.

Ich begann ein Jurastudium an der Universität von Namur. Namur war die einzige belgische Stadt, die vor Baudelaires Augen Gnade gefunden hatte. Dort teilte ich mir eine kleine Wohnung mit Henri, der wie ich im ersten Jahr Recht studierte. Henri war ein sehr hübscher Junge, attraktiv und sympathisch. Wir fanden Gefallen daran, uns unter der Woche in den übelsten Vierteln Namurs herumzutreiben. Am Wochenende kehrten wir heim nach Brüssel, wo wir zu denselben eleganten Soireen eingeladen wurden. Als Söhne aus gutem Hause wären wir nie auf die Idee gekommen, dort ohne Smoking aufzutauchen, obwohl uns vage bewusst war, wie lächerlich ein solcher Aufzug an einem Achtzehnjährigen wirkte.

Bei einem dieser gesellschaftlichen Ereignisse kam Henri mit einer Leidensmiene auf mich zu, die mein Interesse weckte.

»Ich bin verliebt«, beichtete er.

Ich musste lachen.

»Das ist überhaupt nicht komisch. Sie liebt mich nicht.«

»Um wen gehts?«

Er zeigte auf eine hochgewachsene junge Frau von erlesener Schönheit.

»Sie heißt Françoise.«

»Schön, aber ein bisschen kalt, oder?«

»Du verstehst das nicht. Ich könnte vor Liebe sterben.«

»Sprich doch mit ihr, Dummkopf!«

»Hab ich ja versucht. Sie gibt nur einsilbige Antworten oder wendet den Blick ab.«

»Bleib dran!«

»Seit drei Abenden schon mache ich ihr den Hof. Und sie wirkt nur gelangweilt.«

»Blöde Gans! Dann lass es!«

»Wenn ich dir doch sage, dass ich wahnsinnig verliebt in sie bin!«

»Dann schreib ihr einen Brief.«

»Ich habe ihr mindestens dreißig geschrieben, da, schau!«

Er fischte ein paar zusammengeknüllte Blätter aus seinen Taschen und hielt sie mir hin. Ich glättete sie und las lauter Banalitäten.

»Hast du ihr einen von diesen Wischen gegeben?«

»Nein.«

»Dann ist noch nichts verloren. Soll ich ihr in deinem Namen einen Brief schreiben?«

»Mein Bruder!«

Am nächsten Tag machte ich mich ans Werk. Großartige Übung, so ein Liebesbrief! Wie im Rausch reihte ich, der so etwas noch nie gemacht hatte, raffinierte Liebesworte aneinander. Henris Augen wurden ganz groß, als er mein Werk las.

»Bist du verliebt in Françoise?«, fragte er.

»Nein, nicht mein Geschmack.«

»Wenn sie mich danach nicht liebt, ist der Fall hoffnungslos.«

Er unterschrieb und gab den Brief auf. Ein paar Tage später schob die Concierge ein Kuvert unter unserer Wohnungstür durch. Leichenblass stürzte sich Henri darauf und las.

»Ich werde geliebt!«, rief er dann und reichte mir Françoises Antwort.

Zu meiner Überraschung schrieb sie wunderbar, mit Herz und Hirn. Wäre ihre eisige Miene nicht gewesen, hätte ich mich Hals über Kopf in sie verliebt.

»Das habe ich dir zu verdanken, Patrick. Am Wochenende werde ich sie bei den Kettenis wiedersehen.«

Ich war auch eingeladen, konnte also die Begegnung aus nächster Nähe miterleben.

Sie war so schön wie immer, aber kühler denn je.

»Verstehst du das?«, fragte Henri.

»Vielleicht ist sie schüchtern.«

»Würdest du noch einen Brief für mich schreiben?«

Das wurde zur Gewohnheit. Ich ziselierte mit meiner Feder eine wahre Kamee von Brief, über die ich noch eine Dosis Verzweiflung, ein wenig Entrüstung und etwas Furor streute. Die Antwort ließ nicht auf sich warten: eine hinreißend empörte Epistel, wie von der kleinen Schwester der Prinzessin von Clèves verfasst:

»Was erwarten Sie von mir, Henri? Wenn ich Ihnen schreibe, glühen meine Wangen. Wie könnte ich Ihren Blick ertragen?«

»Sie liebt mich!«, rief Henri.

»Aber sie ist ganz schön kompliziert!«, seufzte ich.

Das Szenario wiederholte sich. Auf dem Empfang der van Yperseles ließ sich Françoise mit Müh und Not dazu herab, das Wort an Henri zu richten.

»Was für ein Rätsel ist diese Frau!«, klagte mein Freund.

»Wir kriegen das hin«, beruhigte ich ihn.

Dann verfasste ich ein so leidenschaftliches Schreiben, dass Henri sich sorgte, ob ich nicht etwas übertriebe.

»Du liebst sie doch, ja oder nein?«

»Ich möchte sie nicht verschrecken.«

»Falsch. Der Eisberg muss Risse kriegen. Sonst gehst du unter wie die Titanic.«

In ihren Briefen war Françoise so zugewandt wie bei Begegnungen abweisend. Wenn Henri versuchte, sie zu küssen, befreite sie sich erschrocken. Das war mehr als Prüderie. Irgendwann fragten wir uns, ob es nicht ein tiefer liegendes Problem gab.

Als es auch nach sechs Monaten noch zu keinem Kuss oder Rendezvous gekommen war, bat Henri mich nachzuforschen. Darauf hatte ich nur gewartet.

Ich machte die Adresse ausfindig und klopfte an die Tür. Ein Mädchen von ungefähr sechzehn Jahren öffnete mir.

»Sind Sie der, der in meine Schwester verliebt ist?«

»Nein, ich bin sein Freund Patrick.«

»Und warum kommt Henri nicht selbst?«

Ich versuchte es ihr zu erklären, wobei mir nicht entging, dass die kleine Schwester über so viel Temperament und Charme verfügte, wie der großen fehlten. Bald plauderten wir über tausend andere Dinge. Auf einmal stand eine Gestalt mit Brille und Lockenwicklern im Flur, die meine Gesprächspartnerin barsch zurechtwies: »Das nennst du lernen?«

»Françoise!«, rief ich.

Sie sah mich, erkannte mich und verschwand.

»Was hat sie denn für ein Problem?«, fragte ich die kleine Schwester.

»Sie erträgt es nicht, wenn man sie sieht, wie sie ist.«

»Es ist schlimmer. Sie erträgt es nicht einmal, wenn Henri unter vier Augen das Wort an sie richtet. Ist sie nun in ihn verliebt oder nicht?«

»Schon. Aber sie ist überhaupt nicht selbstsicher.«

»Glauben Sie, dass sie das Problem in den Griff kriegt? Darf Henri hoffen?«

»Ich will versuchen, auf sie einzuwirken«, versprach sie seufzend.

Ich erzählte Henri von meinem Besuch.

»Weißt du, mit Brille und Lockenwicklern sieht Françoise nicht unbedingt wie eine Traumfrau aus.«

Doch solche Sätze erreichten den Verliebten nicht mehr. Er bestellte bei mir sofort einen neuen, durchschlagenden Liebesbrief an sie. Ich schrieb ihn. Die Antwort kam postwendend. Noch nie hatte Françoise so glühende Worte benutzt. Und dann ging das Ganze wieder von vorn los.

Ich merkte, dass die kleine Schwester mir nicht mehr aus dem Sinn ging. Und fand einen Vorwand, sie wiederzusehen. Sie war noch hübscher als in meiner Erinnerung, von heiterem Gemüt und lebhaft im Gespräch.

Als ich einmal nachmittags bei ihr zu Besuch war, kam Françoise herein und erklärte, ich dürfe ihrer Schwester nicht den Hof machen, weil sich das nicht zieme und sie außerdem noch nicht »in die Gesellschaft eingeführt« sei.

Daraufhin stemmte Danièle die Fäuste in die Seiten, verzog zornig das Gesicht und fuhr sie an: »Misch du dich bitte nur in Dinge ein, die dich angehen!«

Meine Augen machten einen Schnappschuss von diesem gerechten Zorn, der ohne Umschweife daherkam. Hatte ich das nicht als mein Auswahlkriterium festgelegt? Ich war im Sturm erobert.

Henri wiederum drehte fast durch. Nach einem Jahr voller Seufzer und feuriger Briefe war Françoise noch immer eine uneinnehmbare Festung.

Ohne seine Zustimmung einzuholen, wandte ich mich noch einmal an Danièle und erzählte ihr von der Verzweiflung meines Freundes.

»Lass uns ein wenig spazieren gehen!«, schlug sie vor und nahm mich an der Hand.

In angemessener Entfernung von ihrer Wohnung eröffnete sie mir zu meinem Erstaunen: »Ich beantworte Henris Briefe.«

»Und ich schreibe sie!«, konterte ich.

Nach einem Moment der Sprachlosigkeit mussten wir beide lachen. Dann verlangte ich eine Erklärung.

»Du bist vielleicht lustig!«, rief sie. »Ich mache das aus demselben Grund wie du. Sie sind wirklich verliebt, die beiden, aber schrecklich unsicher.«

»Warum weigert sich deine Schwester, Henri zu treffen?«

»Weil sie fürchtet, dass es ihr an Esprit fehlt.«

»Sag ihr, dass Henri dasselbe von sich denkt.«

Anscheinend legte sich Danièle richtig ins Zeug, denn bald kam es zu dem ersehnten Rendezvous. Von da an konnte Henri auf meine Schreibkünste verzichten, so wie Françoise auf die ihrer Schwester. Dafür begann ich Danièle Briefe zu schreiben, ganz anders als jene, die Henris Unterschrift trugen, aber genauso von Liebe beseelt. Und ihre Antworten bezauberten mich.

In den Fünfzigerjahren war das Leben in Belgiens gehobenen Kreisen ähnlich streng reglementiert wie das am französischen Hof zur Zeit Heinrichs III. Ich musste mich gedulden, bis Danièle achtzehn und »in die Gesellschaft eingeführt« war, um ihr offiziell den Hof machen zu dürfen.

Mit zwanzig sah ich keinen Grund mehr zu warten. Ich gestand ihr mein schreckliches Geheimnis: »Wenn ich Blut sehe, werde ich ohnmächtig.«

»An dir ist aber wirklich nichts gewöhnlich!«

»Das betrifft auch Tatar und Roastbeef.«

»Dann müssen wir eben Schuhsohle essen.«

Ich fragte sie, ob sie mich heiraten wolle, und sie sagte Ja. Das war 1956. Unser gemeinsames Leben konnte beginnen.

Aber nein. Ausgerechnet diesen Moment wählte Pierre Nothomb für seinen Auftritt. Er rief mich an, um zu erklären, dass er diese Verbindung untersage.

»Die Familie dieser Demoiselle ist für uns nicht gut genug.«

»Was sagen Sie da, Großvater?«

»Wir sind die Nothombs, wenn ich dich daran

erinnern darf. Die Verfassung unseres Landes stammt von einem Nothomb.«

»Wir sind aber nicht die Windsors, soweit ich weiß.«

»Aber nicht so weit von ihnen entfernt, wie du denkst.«

Fest entschlossen, mich nicht auf seinen Wahn einzulassen, legte ich auf und ging zu Danièle.

Zum ersten Mal öffnete mir ihr Vater, ein Riese von fünfundvierzig Jahren und großer Eleganz.

»Patrick Nothomb, nehme ich an?«

»In Person. Ich möchte meine Verlobte besuchen.«

»Es tut mir leid, aber meine Tochter kann nicht Ihre Verlobte sein. Seien Sie sich meines tiefsten Bedauerns gewiss. Aber Ihr Großvater hat mich angerufen und mir verboten, Sie zu empfangen.«

»Wir müssen diesem Despoten nicht gehorchen.«

»Angesichts der Beschimpfungen, mit denen er meine Familie bedacht hat, muss ich Ihnen leider mitteilen, dass ich mich dieser Verbindung entgegenstellen werde.«

Ich wurde von unsagbaren Gefühlen überwältigt: wahnsinniger Wut einerseits und ungemeiner Anziehung andererseits. Der Mann, den ich soeben kennengelernt hatte, verkörperte den Vater, von dem ich immer geträumt hatte. Und das Merkwürdigste daran war, dass die Sympathie auf Gegenseitigkeit beruhte: Dieser Vater dreier Töchter fand in mir den lang erhofften Sohn. Wir waren voneinander in Bann geschlagen, doch unsere Worte entsprachen in keiner Weise unseren Empfindungen.

»Monsieur, ich liebe Ihre Tochter und werde dafür kämpfen, dass sie meine Frau wird.«

»Sie sind mir sehr sympathisch, junger Freund. Aber vergeuden Sie nicht Ihr Leben für eine verlorene Sache.«

Meine Nachforschungen ergaben, dass Danièles Vater, Chevalier Guy Scheyven, dem Brügger Adel entstammte. Zwar war er eine Mesalliance eingegangen, als er Guilaine Boucher aus Tournai heiratete, die der dortigen Bourgeoisie entstammte. Aber daraus zu schließen, dass Danièles Familie für die Nothombs nicht gut genug sei, war ziemlich weit hergeholt. Das erklärte ich Pierre Nothomb auch am Telefon, doch der lachte mich schlichtweg aus.

»Später wirst du mir dafür dankbar sein, mein Lieber. Ich habe auch mit ihrem Vater gesprochen, und er hat mich sehr gut verstanden.«

»Ja, Sie haben diesen Mann, der die Noblesse in Person ist, zutiefst gekränkt.«

»Was befleißigst du dich für einer Sprache, Kleiner?«

»Einer weniger altmodischen als Sie jedenfalls.«

Auf eine so unwirkliche Situation war ich nicht vorbereitet gewesen. Aber das war nötig, um mir bewusst zu machen, wie rückständig die Welt war, der ich angehörte. In diesem Moment beschloss ich, gemeinsam mit Danièle die Heimat zu verlassen.

Auf Danièle zu verzichten kam natürlich nicht infrage. Also trafen wir uns heimlich. Der Ort unserer Rendezvous war der Pavillon de l'Octroi am Eingang zum Bois de la Cambre. Wir sahen uns nur einmal die Woche. In der restlichen Zeit schrieben wir einander leidenschaftliche Briefe, die uns Henri und Françoise überbrachten.

Nach Abschluss meines Jurastudiums durchlief ich erfolgreich das Auswahlverfahren für den Diplomatischen Dienst. Nun musste ich nur noch Danièle heiraten. Diese Absicht verkündete ich in ganz Belgien.

Bald darauf rief Pierre Nothomb mich an.

»Du hast wohl den Verstand verloren, Kleiner.«

»Was ich mache, ist vollkommen legal. Sie haben nicht das Recht, mich daran zu hindern.«

»Ich will diese Frau nicht sehen …«

»Es wird Ihnen nichts anderes übrig bleiben. Danièle und ich kommen nächsten Samstag nach Pont d'Oye.«

»Ich werde sie nicht empfangen.«

»Großartig. Dann kann Danièle überall erzählen, dass Sie nicht nur ein Monster an Snobismus sind, sondern auch ein Mann ohne Manieren.«

Damit hatte ich ins Schwarze getroffen, und es war zu erwarten, dass Großvater meine Braut doch noch empfangen würde. Fragte sich nur, wie.

Am besagten Tag lieh ich mir den Wagen meiner Mutter, um mit Danièle in den hintersten Winkel der Ardennen zu fahren. Die Unglückliche, die nur allzu gut wusste, welche Prüfung ihr bevorstand, war bleich wie ein Leichentuch. Vergebens versuchte ich sie während der Reise aufzumuntern.

Wie eine Komtur-Statue erhob sich Pierre Nothomb vor dem Schloss. Bei der Begrüßung begann Danièle vor Schreck zu stottern.

»Bonjour, Mademoiselle«, sagte er förmlich. »Sie sind die Schönheit selbst.«

Das hätte ein höfliches Kompliment sein können, wäre es nicht von herablassenden Andeutungen umrahmt gewesen.

Nach und nach kamen die Nothombs, um den Gegenstand des Skandals zu beschnüffeln. Danièle wurde immer blasser. Die Familie nahm sie auf einen Waldspaziergang mit.

Großvater beobachtete sie unablässig aus den Augenwinkeln.

»Sie sehen ja gar nicht auf den See, Mademoiselle.«

»Doch, doch, das tu ich.«

»Und wie finden Sie ihn?«

Normalerweise war Danièle schlagfertig und wortgewandt. In dieser brutalen Prüfung allerdings verschlug es ihr einfach die Sprache.

»Ich finde den See … niedlich.«

Hämisches Gelächter. Simon, der die Szene noch etwas ausdehnen wollte, fragte Danièle, wie sie den Wald finde.

»Ich finde den Wald … lieblich«, stammelte sie.

Es war eine Treibjagd.

Beim Mittagessen brachte sie keinen Bissen hinunter.

»Sie wissen aber schon«, ätzte Pierre Nothomb, »dass Sie als Botschafterin, falls Sie das je werden sollten, von jedem Gang der protokollarischen Mahlzeiten zumindest kosten müssen?«

Danièle sah mich hilfeheischend an.

»Danièle achtet auf ihre Linie«, sagte ich aufs Geratewohl.

Schallendes Gelächter.

»Ich bitte Sie, Mademoiselle, Sie sind ohnehin so dünn wie ein Fädchen, das ist lächerlich.«

Als wir im Garten Kaffee tranken, sah ich, dass Großmutter freundlich mit meiner Verlobten sprach. Meine Erleichterung währte allerdings nur kurz, denn gleich darauf nahm Großvater mich beiseite.

»Ich denke, du hast es verstanden, Kleiner. Sie ist eine dumme Nuss. Eine Ehe mit ihr ist undenkbar. Ich tue dir nur einen Gefallen, glaub mir. Sie ist reizend, keine Frage. Du kannst sie dir ja als Geliebte halten.«

Zutiefst gekränkt, schützte ich eine Verpflichtung vor, um schnellstmöglich abzureisen und Danièle zu erlösen. Auf der Rückfahrt bekam ich einen Eindruck von ihrer positiven Sicht der Dinge.

»Dein Großvater kann einem schon ein bisschen auf die Nerven gehen«, sagte sie, »aber deine Großmutter mag ich sehr.«

Die Erniedrigungsrunden, die Pierre Nothomb ihr aufgezwungen hatte, hatte sie nicht einmal wahrgenommen. Welche Kraft, welcher Mut! Ich legte den 13. Juni 1960 als unseren Hochzeitstag fest.

Wenig später erhielt ich Besuch von Danièles Vater.

»Noch ist es Zeit, das Ganze fallen zu lassen«, sagte er.

»Warum sagen Sie das? Ich hatte den Eindruck, dass Sie eine gewisse Sympathie für mich hegen.«

»Eben deshalb. Ihre Familie findet diese Verbindung skandalös.«

»Und Sie finden, dass es dafür gute Gründe gibt?«

»Nein. Aber ich möchte nicht, dass Sie eines Tages bereuen, meine Tochter geheiratet zu haben.«

»Das werde ich schon deshalb nicht, weil sie Ihre Tochter ist. Wissen Sie, die Tragik meines Lebens besteht darin, dass ich keinen Vater hatte. Und Sie sind für mich der ideale Vater.«

Von dieser Erklärung aus der Fassung gebracht, gab mein künftiger Schwiegervater seinen Widerstand auf.

Am Hochzeitstag versuchte es Pierre Nothomb bei ihm mit den gleichen Spielchen, die er schon Danièle aufgezwungen hatte. Ich sollte nie erfahren, was mein Schwiegervater ihm erwidert hatte, aber ich sah, wie Großvater erbleichte und von dannen zog wie nach einer schmählichen Niederlage. Danach war nie wieder von der angeblich niederen Herkunft meiner Frau die Rede.

Ein Diplomat geht nicht sofort ins Ausland. Er arbeitet zunächst zwei Jahre im Außenministerium, um die Gesprächspartner kennenzulernen, mit denen er es in den nächsten vierzig Jahren zu tun haben wird.

Im Frühherbst des Jahres 1961 eröffnete mir Danièle, dass sie schwanger war. Die Nachricht überwältigte mich: Nun sollte ich selbst werden, was ich immer so schmerzlich vermisst hatte.

»Ende Mai wird es so weit sein.«

»Ein schöneres Geburtstagsgeschenk könntest du mir gar nicht machen«, sagte ich.

Ich hätte nie gedacht, wie richtig ich damit lag. Die Schwangerschaft verlief ohne Komplikationen, und alles sprach dafür, dass das Baby am 24. Mai auf die Welt kommen würde.

Leider, wenn ich das so sagen darf, spürte Danièle am 23. Mai gegen 18 Uhr die ersten Wehen.

»Halt es zurück! Nur ein paar Stunden, dann ist der 24.!«

Der Blick, den sie mir zuwarf, ließ mich meine ganze Dummheit und Unfähigkeit erkennen.

Um 23.30 Uhr brachte Danièle einen Jungen zur

Welt. Es war damals nicht üblich, dass Väter der Niederkunft beiwohnten, was mir eine Ohnmacht ersparte. Ich wurde erst hineingerufen, als alle Blutspuren beseitigt waren.

Mein Sohn sollte André heißen, wie mein Vater. Wer mich zum Vater machte, konnte nur den Namen meines Vaters tragen. Als ich ihn auf den Arm nahm, war meine Liebe so groß, dass ich keine Worte dafür fand.

André war ein zartes, nervöses Kind, das leicht krank wurde. Pierre Nothomb, mit dem ich mich versöhnt hatte, kam nach Brüssel, um seinen ersten Urenkel kennenzulernen. Er deklamierte Verse, die er eben erst geschrieben hatte, und es sah so aus, als lauschte das Baby gerührt.

»Ich wusste, dass unser André ein Dichter wird«, verkündete der Ahne.

Immer, wenn ich nicht fürchten musste, ihn zu stören, drückte ich André an mein Herz. Und bei jeder Umarmung trat das Wunder von Neuem ein: Ein Abgrund an Liebe, bodenlos leer und erfüllt gleichermaßen, zerriss mir die Brust. Es war die Frage aller Fragen: Ich spürte, dass die Vaterschaft meine Berufung war, obwohl ich nicht die geringste Vorstellung hatte, worin sie bestehen könnte.

Aber ich rechnete fest damit, dass das Baby es mir schon beibringen würde.

Meine erste Auslandsstelle trat ich im Kongo an, der vor Kurzem unabhängig geworden war. Danièle, André und ich zogen in die Hauptstadt, die bald darauf Kinshasa hieß.

Mich als waschechten Antikolonialisten zu bezeichnen wäre übertrieben gewesen, aber ich war begeistert, dieses nun endlich freie Land entdecken zu dürfen.

Im Sommer 1964 ernannte mich der belgische Botschafter zum Konsul in Stanleyville. Ich ließ meine Familie in der Hauptstadt zurück und fuhr dorthin, um meinen Posten zu übernehmen. Seit der Unabhängigkeit herrschten explosive innere Spannungen im ganzen Land, und es braute sich eine marxistisch genannte Rebellion zusammen.

Am 6. August trat ein Ereignis ein, das zur größten Geiselnahme des 20. Jahrhunderts werden sollte. Rebellen besetzten Stanleyville und nahmen die fünfzehnhundert Weißen, die dort lebten, als Geiseln. Die neuen Herren der Stadt verlangten von der Regierung die Erfüllung ihrer Forderungen, ansonsten würden die Geiseln exekutiert.

Ihre Bedingungen waren schlicht: Sie verlangten eine Anerkennung ihres Staates im Osten, der Volksrepublik Kongo, mit der Hauptstadt Stanleyville. Es war aber klar, dass sie sich nicht damit begnügen würden, den Ostteil zu regieren. Sondern dass sie das ganze Land einnehmen wollten.

Ich spreche davon in der Vergangenheit, obwohl sich nichts verändert hat. Wir haben jetzt November, die Geiselnahme begann Anfang August. Ich habe das Gefühl, schon ewig hier zu sein.

Bald sperrten die Rebellen alle Weißen im Palace Hôtel zusammen. Alte, Schwangere und Kranke durften in den Zimmern wohnen. Alle anderen Geiseln, zu denen auch ich gehörte, wurden in der großen Hotelhalle geparkt, wo wir von da an lebten.

Jeden Morgen kamen die Rebellen mit ihren Sturmgewehren und verkündeten: »Eure Regierung hat uns immer noch nicht anerkannt. Wir werden euch alle töten.«

Jeden Morgen bot ich mich als Vermittler an: »Interessantes Projekt. Aber als belgischer Konsul würde ich vorschlagen, dass wir erst einmal darüber reden.«

Dann saß ich mit den Anführern im Kreis und redete bis tief in die Nacht mit ihnen. Das Überleben der tausendfünfhundert Geiseln hing nicht von meiner Eloquenz ab, sondern von meiner Eignung für ihre grandiosen *palabres*. Also lernte ich notgedrungen, stundenlang die eindringlichsten Reden zu halten, um die Rebellen unserer Sympathie und wahrscheinlichen Anerkennung zu versichern, sobald wir ihre Forderungen in Händen hielten.

Ob ich Absurditäten erzählte, war egal. Das einzig Wichtige war, überzeugend zu sprechen. Wiederholungen waren willkommen, denn steter Tropfen höhlt den Stein.

Einer der Gründe für den Zorn der Rebellen war die Weigerung der Regierung in Kinshasa nachzugeben. Tagtäglich musste ich nicht nur meiner Empörung angesichts dieser Lage der Dinge Ausdruck verleihen, sondern auch meiner Ohnmacht, etwas daran zu ändern.

Worauf die Rebellen unfehlbar erwiderten, dass, wenn Belgien ihre Regierung anerkennte, Kinshasa sich bestimmt anschlösse. Eine Überlegung, die ich mit der Behauptung zu entkräften versuchte, dass der Kolonialismus nicht mehr hoch im Kurs stehe, dass Belgien verloren habe und ich mich darüber freute.

Keinesfalls durfte während der *palabres* ein Schweigen eintreten. Wenn ich verstummte und die anderen auch, stand sofort der Dämon des Gemetzels im Raum.

Obwohl vom Wesen her eher schweigsam, wurde

ich schnell zur Plaudertasche. Ich war die neue Scheherazade: Von meinem Redetalent hing das Leben meiner Landsleute ab. Natürlich durfte man keinen Unsinn erzählen, die Rebellen hörten schon genau zu. Aber im Falle eines Hängers war es das Klügste, noch einmal von vorn anzufangen. Und wenn ich dann unterbrochen und darauf hingewiesen wurde, dass ich das alles schon gesagt hätte, war die richtige Antwort: »Das ist für die neu Hinzugekommenen.«

Denn der Kreis der *palabres* wurde ständig größer.

Am 5. September landete Christophe Gbenye, der Anführer der Rebellion im Osten des Landes, in Stanleyville. Am selben Tag wurde er Präsident der Volksrepublik Kongo.

»Wie gehts?«, fragte er mich, als er mir begegnete.

»Sehr gut, danke, Monsieur le Président.«

»Seit wann sind Sie in Stan?«

»Seit dem ersten August.«

»Und gefällt es Ihnen hier?«

»Warum nicht?«

Gbenye schloss sich unseren *palabres* an. Wie die anderen Rebellen erwies er sich als außergewöhnlich sprachmächtig.

Bei Einbruch der Dunkelheit war meine Erschöpfung vergessen. Das Wort ging im Kreis, wenn es zu mir kam, ergriff ich es mit Leib und Seele, bis ich es wie einen Ball dem zuwarf, der es fangen wollte. Diese Wortgefechte dauerten bis zu dem Moment, in dem alle eingeschlafen waren, ein Augenblick, den ich fast immer verpasste. Irgendwann erwachte ich mit den anderen auf dem Boden.

Wie jeder unter solchen Umständen war ich vom Stockholm-Syndrom bedroht. Was mich davor bewahrte, war, dass die Rebellen trotz meiner ständigen Bemühungen einige Geiseln töteten, manchmal vor meinen Augen. Dann gab ich mir die größte Mühe, die blutüberströmten Leichen nicht anzusehen. Hätten die Rebellen entdeckt, dass der belgische Konsul beim Anblick von Blut ohnmächtig wurde, hätte ich jede Glaubwürdigkeit verloren und wäre ein geschlagener Mann gewesen.

Gbenye entging das nicht.

»Warum sehen Sie die Leiche Ihres Landsmanns nicht an, Herr Konsul?«

»Aus Respekt vor seiner Seele, Herr Präsident.«

Eine Antwort, die interessant klang.

Jedes Mal, wenn eine Geisel getötet wurde, musste ich gegen das Entsetzen und die Entmutigung ankämpfen, mit mir selbst argumentieren und mich dagegen wehren, mir selbst zum Feind zu werden. Ich brauchte eine stählerne Moral, wenn ich meine Verteidigung durch das Wort fortsetzen wollte.

Jeder hat seine eigene Methode, den Mut nicht zu verlieren. Meine bestand darin zu verleugnen, dass es eine Welt außerhalb gab: Alles fand hier statt, ich hatte nie ein anderes Leben gehabt. Sobald ich anfinge, an meine Familie zu denken, wäre ich verloren. Manchmal, wenn meine Wachsamkeit nachließ, wurde ich von erschreckend sanften Fantasien heimgesucht, wie dem Duft von Danièles Haar, die ich sofort verjagen musste. Wäre ich darin versunken, hätte die Sehnsucht mich schließlich übermannt.

Das Stockholm-Syndrom wird oft allzu vereinfacht dargestellt. Es hat gar nicht so viel mit Liebe zu tun. Wenn der Wärter mal ein bisschen leiser brüllt, ein zerstreuter Koch dir einen Löffel mehr gibt, wenn dir ein menschlicher Blick geschenkt wird oder jemand dir zuhört wie einem würdigen Widerpart, wirst du von einer Welle unwiderstehlicher Dankbarkeit überschwemmt. Dass dir die schlechte Behandlung des Vortags erspart blieb, reicht schon, um dich zu überzeugen, dass du auserwählt bist. Nein, du verliebst dich nicht, du fühlst dich auf seltsame Weise gemocht. Es handelt sich dabei um eine Variante der Erotomanie mit einer möglichen Komplikation durch paradoxen Masochismus. Die Geisel, die sich verliebt, ist eine Person, die aufgrund der Überzeugung, geliebt zu werden, selbst in einen Liebeswahn verfällt.

Ich habe mich jedenfalls nie in meine Kerkermeister verliebt, musste mich aber öfter gegen Anfälle von Dankbarkeit wehren, wenn mir ein Rebell während der *palabres* begeistert lauschte.

Da der neue Staat kommunistisch sein wollte, gab ich mich marxistischer als Marx.

»Eigentum ist Diebstahl. Wenn ihr euch eine Stadt aneignet, stehlt ihr sie.«

»Wir eignen sie uns nicht an, wir besetzen sie. Das ist etwas ganz anderes.«

»Wie wollt ihr rechtfertigen, dass ihr uns als Geiseln festhaltet?«

»Die Revolution ist kein Galadiner.«

»Für das Markenimage eines jungen Landes, das als Vorbild gelten will, erscheint mir die Methode zweifelhaft.«

»Wenn Sie das alles in Brüssel in der Zeitung lesen würden, würde Ihre Sympathie uns gelten.«

Ein verwirrendes Argument. Ich versuchte, mir zu beweisen, dass es falsch war, was mir aber nicht ganz gelang. Mit ihrer Eloquenz waren die Rebellen mir immer eine Länge voraus.

Während der *palabres* aß ich meistens: Bananen, Erdnüsse, Moambé oder *saka-saka* – ich fand alles köstlich. Die Situation verdarb mir nicht etwa den Appetit, sondern machte mich hungriger als gewöhnlich.

Die Nahrung der Geiseln kam aus den Konservenvorräten des Hotels, die glücklicherweise kolossal waren. Viele hatten bald genug davon. Ich nicht. Zu meiner Schande führte ich auch solche Gespräche mit meinen Schicksalsgenossen:

»Du bist deprimiert, oder?«

»Ja, klar.«

»Nichts schmeckt dir mehr, du hast den Appetit verloren?«

»So ist es.«

»Dann gib mir deine Dose Ravioli.«

Mich störte es nicht, aus der Dose zu essen.

Im Palace Hôtel, in dem wir festgehalten wurden, kamen mehrere Babys zur Welt. Und ich war jedes Mal so überwältigt, als wäre ich selbst der Vater.

Die meisten Morde an Geiseln geschahen, wenn die Anführer abwesend waren. Ich tat also alles dafür, dass sie das Hotel möglichst selten verließen. An Regentagen war es leichter, dafür zu sorgen, dass die *palabres* in der Lobby abgehalten wurden. Leider war das Wetter fast immer sehr schön, dann nahmen sie mich nach draußen mit, zum *palabre* am Fluss.

Gelegentlich erfuhr ich von einer unmittelbar bevorstehenden Exekution. Dann eilte ich dorthin, um mich zwischen Opfer und Henker zu stellen. Wenn man mich fragte, warum ich das machte, antwortete ich stets: »Das ist mein Beruf.«

»Sie sind also ein menschlicher Schutzschild?«

»Ich bin der Unterhändler.«

»Wer hat Sie dazu berufen?«

»Präsident Gbenye.«

Sein Name hielt die potenziellen Mörder meist von ihrem Vorhaben ab. Leider wirkte die Methode nicht immer. Und es gibt nichts Schlimmeres, als einem Mord beizuwohnen, ohne eingreifen zu können. Ich hielt mich an Nietzsche und wandte den Blick ab, nicht aus Gehorsam gegenüber der fröhlichen Wissenschaft, sondern um nicht ohnmächtig zu werden, was mir jedes Mal die schon erwähnte Befragung einbrachte.

Gelegentlich entdeckte ich auch nicht mehr ganz frische Leichen.

»Und die sehen Sie an?«

»Ja, ihre Seele ist nicht mehr da.«

Übersetzung: Das Blut war getrocknet.

Jeder weitere Tote zeigte die Grenzen meiner Verhandlungsmacht auf. Und rief neben dem

Grauen auch Schuldgefühle hervor. Dann musste ich gegen mich selbst argumentieren: »Du kannst nicht überall gleichzeitig sein; ohne dich wären die Geiseln schon am ersten Tag massakriert worden.« Und wenn ich mich nicht sehr zusammengenommen hätte, hätte ich darauf geantwortet: »Das wäre besser gewesen. Viel Leid und Furcht wären uns dann erspart geblieben. Und unsere Familien könnten jetzt um uns trauern, anstatt sich vor Angst zu verzehren.«

Schwierig auch, nicht daran zu denken, dass Danièle fast im gleichen Alter wie meine Mutter zur Witwe werden würde. Aber nein, dieses Paralleluniversum existierte nicht. Es gab keine Hinterwelt, kein anderes Land, keine andere Stadt und schon gar keine anderen Menschen.

Unter den Geiseln entstanden erstaunliche Freundschaften. Die hier lebenden Belgier kannten sich seit Langem und mochten einander nicht besonders. Aber nach ein paar Monaten Zwangsaufenthalt im Hotel traten gewisse Wesensverwandtschaften zutage.

Als wir die Keller durchsuchten, entdeckte einer von uns einen riesigen Wermut-Vorrat. Wie gern wären wir nach oben gegangen, um ihn mit den anderen zu teilen, aber unsere Kerkermeister sollten auf keinen Fall etwas davon haben. Also streuten wir unter den Geiseln die Information: »Wenn eure Moral im Keller ist, geht einfach runter und bedient euch.«

Ich hätte auch gern etwas getrunken, aber das wäre zu gefährlich gewesen. Beim *palabre* – und der konnte jederzeit losgehen – hätte mich meine Fahne verraten.

Viele Geiseln waren so geistesgegenwärtig gewesen, Spielkarten von zu Hause mitzunehmen. Whist wurde zur wichtigsten Aktivität. Manche spielten ununterbrochen. Wer Bücher hatte, verlieh sie. Alle bedauerten, dass es so wenige waren.

Anfang August war ich der Meinung gewesen, ich würde nur für drei Wochen nach Stanleyville gehen, deshalb hatte ich nur zwei Romane mitgenommen, Gionos *Ein Mensch allein* und Zweigs *Ungeduld des Herzens*, das zu meiner Bettlektüre wurde. Ich haushaltete mit dem Lesen. Warum erschütterte mich diese Geschichte, die meinem Leben so fremd war, so sehr? Vielleicht deshalb:

Präsident Gbenye überraschte mich einmal beim Wiederlesen.

»Was lesen Sie, Herr Konsul?«

Ich zeigte es ihm.

»Ungeduld des Herzens«, sagte er. »Schöner Titel.«

»Das ist wahr.«

»Da kann ich Sie beruhigen. Wenn es so weit ist, werden wir keine Ungeduld zeigen.«

Diese Aussage war nicht gerade beruhigend. *Wenn es so weit ist …* Dachte er dasselbe wie ich? Unter meinen Vorstellungen, wie eine Auflösung des Ganzen aussehen könnte, erschien mir der Einsatz belgischer Fallschirmjäger am wahrscheinlichsten. Das wünschte ich mir und fürchtete es zugleich, denn in diesem Fall würden meine Talente als Scheherazade nicht ausreichen, um ein Blutbad zu verhindern. Wenn die Rebellen den Fall ansprachen, antwortete ich, dass diese Hypothese nicht in Betracht komme.

»Die Belgier entscheiden sich immer für Verhandlungen«, wiederholte ich wieder und wieder.

»Wie Sie?«

»Ja, ich bin ein typischer Vertreter.«

»Aber Ihre Regierung schweigt.«

»Dazu kann ich nichts sagen, ich habe keinen Kontakt mit dem Ministerium. Aber vergessen Sie nicht, dass ich als Diplomat meine Regierung repräsentiere.«

»Dann erkennen Sie unseren Staat an.«

»Das tu ich doch. Leider reicht mein Wort nicht aus.«

»Deshalb halten wir Sie als Geisel fest.«

»Deshalb rate ich Ihnen davon ab, uns zu töten.«

Und dann ging es wieder von vorn los. Ich fühlte mich wie ein Mathematiker, der tausendmal dasselbe Theorem beweist, mal eleganter, mal weniger elegant.

Manchmal fragte mich einer der Rebellen geradeheraus: »Was hindert uns eigentlich daran, Sie gleich hier und jetzt zu liquidieren?«

»Das würde kein gutes Licht auf Ihre junge Republik werfen«, sagte ich dann, oder: »Dann würden Sie einen Vermittler verlieren, der gern bei Ihren *palabres* dabei ist.« Oder: »Ich bin Ihr lebendes Gedächtnis. Wenn Ihr Staat anerkannt wird, könnte ich Ihre Legende der ganzen Welt verkünden.«

Solange das Wort regierte, konnte ich hoffen davonzukommen. Wie oft geschah es, dass ein Rebell ohne Vorwarnung auf mich zielte! Dann retteten mich seine Genossen, indem sie ihn warnten: »Vorsicht, der Präsident unterhält sich ganz gern mit dem.«

»Glaubst du, er will ihn selber umlegen?«

»Möglich.«

Dieses Argument benutzte ich, als einmal ein zwölfjähriger Junge eine Kalaschnikow auf mich richtete: »Das kannst du nicht machen. Der Präsident will mich persönlich töten.«

Daraufhin ließ er verärgert die Waffe sinken.

Wie Hunderte anderer Kinder war er während des langen Marsches rekrutiert worden. Alle waren sie überzeugt, unverwundbar zu sein. Bevor eine Kugel sie träfe, würde sie sich in einen Wassertropfen verwandeln, und sie selbst würden zu *simbas,* wie Löwen auf Suaheli heißen. Er war genauso verwahrlost wie die Nothomb'sche Horde in meiner Kindheitserinnerung. Eine zerlumpte Truppe war aufgetaucht, hatte sich ein Gewehr geschnappt und spielte mit der Kalasch Handball. Glücklich, dem Jungen entkommen zu sein, sah ich sie spielen und dachte an meine Meute, die den Hunger bekriegte, an die wilde Kindheit, die mich abgehärtet hatte und mir, wie ich mir sagte, die Kraft gab, hier zu sein, aufrecht und lebendig.

Vier Monate Zeitgewinn. Dass man am Leben ist, und sei es nur für eine Stunde, als Erfolg betrachten. Noch nie war mir eine so radikale Lektion in Philosophie erteilt worden. Wir alle kennen die berühmte Sentenz *Carpe diem.* Aber auch wenn wir sie schätzen, wenden wir sie doch nie an.

In Stanleyville habe ich gelernt, mit Leib und Seele danach zu leben. Auf der Erde unter freiem Himmel zu schlafen, voller Jubel darüber, dass ich atme, den scharfen Geruch des Vogelkots zu schmecken, die Wirklichkeit anzuschauen, der Luft zuzuhören.

Was soll man sich anderes wünschen?

Im Schlaf holte mich die Vergangenheit ein. Ich träumte von Danièle, André, meiner Mutter und Pont d'Oye. Danach betrieb ich jedes Mal aktive Verdrängung und erfand alle möglichen Tricks, um nicht von sinnlosen Hoffnungen heimgesucht zu werden. Eines Nachts träumte ich vom *Bateau ivre* und wachte davon auf, dass ich die Verse *Wenn ich noch Sehnsucht nach Europas Wassern habe, dann nach dem schwarzen Tümpel …* vor mich hin sprach. Ich verstummte, als hätte ich etwas Verbotenes gesagt.

Einmal fragte mich Präsident Gbenye nach meiner Meinung über Patrice Lumumba. Das war die gefährlichste Frage, die er mir stellen konnte, denn er hatte dessen Denken und Handeln verraten. Wenn es mir möglich gewesen wäre, frei zu sprechen, hätte ich von meiner tiefen Sympathie für diesen Menschen erzählt, den ich allerdings nie kennengelernt hatte, und meinen Zorn über seine Ermordung.

Gbenye war einer von Lumumbas Vertrauten gewesen. Wenn die Rebellen in den *palabres* die Figur Lumumbas beschworen, dann so vieldeutig, dass ihre Angst, Gbenye zu nahe zu treten, mit Händen zu greifen war. Lumumba schien für sie der lästige Märtyrer zu sein, den sie nicht ignorieren konnten. »Gott möge uns vor den Heiligen bewahren«, sagt Bernanos' Abbé tadelnd zu dem jungen Pfarrer.

Ich reagierte auf Gbenyes Frage jedenfalls mit der gebotenen Vorsicht: »Lumumba muss eine interessante Persönlichkeit gewesen sein. Ich hatte leider nicht die Ehre, ihn kennenzulernen. Sie, Herr Präsident, Sie waren doch an seiner Seite, wie denken Sie über ihn?«

Darauf erhielt ich eine ironische, vieldeutige Antwort, die dem jesuitischsten Kasuisten zur Ehre gereicht hätte. Hatte er Lumumba geliebt oder gehasst? Was er sagte, erlaubte beide Hypothesen.

Lumumba, der 1961 sehr jung ermordet worden war, hatte das Antlitz eines Helden. In seiner Schönheit war er Che Guevara ebenbürtig. Der etwas ältere Gbenye erinnerte mit seinem runden Kopf, dem Bäuchlein und dem struppigen Bart eher an Fidel Castro. Zweifellos hegte er gegenüber Lumumba die gleiche heimliche Eifersucht, die der kubanische Líder im Stillen gegenüber Che empfand.

Außerhalb der Stadt war vor Kurzem das Denkmal Patrice-Lumumba in Gestalt einer bombastischen modernistischen Flamme errichtet worden.

Dort fanden die Hinrichtungen von Afrikanern statt, als wäre es ein Verdienst, vor dem Monument erschossen zu werden. Diese Topologie zeigte die ganze Ambivalenz der Rebellen gegenüber Lumumba: Sein Name war mit den Exekutionen verknüpft.

»Wie denkt Belgien über Lumumba?«, fragte Gbenye.

»Schwer zu sagen. Die Zeit wird es zeigen. Aber eines Tages, Sie werden sehen, gibt es in Brüssel einen Patrice-Lumumba-Platz.«

»Wird es auch einen Christophe-Gbenye-Platz geben?«

»Wer weiß?«, sagte ich und verkniff mir die Bemerkung, dass es vielleicht nicht der beste Weg zu diesem Ziel war, Hunderte Belgier in Geiselhaft zu nehmen und rund dreißig davon abzuschlachten.

»Wer hat Patrice Lumumba ermordet?«, fragte er unvermittelt.

Diese Frage war nur dazu gedacht, mich in Verlegenheit zu bringen. Tausend Anschuldigungen hatten kursiert, keine konnte bestätigt werden. Es würde jahrelanger Ermittlungen bedürfen, um die Schuldigen zu finden. Offensichtlich aber erwartete Gbenye von mir eine endgültige Erklärung. Also sagte ich: »Das ist wie beim *Mord im Orient-Express:* Alle sind schuldig.«

»Wie gemein! Jetzt kann ich das Buch nicht mehr lesen, Sie haben die Auflösung verraten.«

Ich konnte schlecht erwidern, dass wir in unserer Lage sehr genau wüssten, wer die Schuldigen und wer die Opfer waren. Das Einzige, was wir noch nicht wussten, war der Zeitpunkt des Verbrechens und, nicht zu vergessen, das Ausmaß: Wie viele Tote würde es dann geben?

Je mehr Zeit verging, desto stärker wurde das Gefühl, dass die Auflösung bevorstand. Jeden Morgen wachte ich mit der Vorstellung auf, an diesem Tag würde die belgische Armee eingreifen.

Diese Erwartung, über die niemand sprach, machte alle ziemlich nervös. Rebellen und Geiseln wussten, dass es ein Blutbad geben würde. Wir sahen uns an und stellten einander wortlos die Frage, die uns alle quälte: »Wer wird sterben?«

Ich hörte die Geiseln grundlegendste Dinge besprechen: »Wenn mir was passiert, kümmere dich um meine Kinder. Wenn es dich erwischt, übernehme ich das für deine.« – »Abgemacht.«

Auch unsere Bewacher riskierten ihr Leben, das war uns klar. Wir zwangen uns, nicht daran zu denken. So seltsam sich das vielleicht anhört, wir wünschten ihnen nicht den Tod.

Manchmal hatte ich Fantasien, die ich lieber für

mich behielt: Dass Gbenye zu uns käme, um das Ende dieses Mummenschanzes zu verkünden: Wir seien frei und hätten auch nie aufgehört, es zu sein. Das Ganze sei bloß ein metaphysisches Spiel gewesen, um uns zu testen. Leider versetzte die Erinnerung an die vor meinen Augen abgeschlachteten Geiseln meinen Träumereien den Todesstoß.

Auch musste ich gegen ein teuflisches Schuldgefühl ankämpfen: Ich schämte mich dafür, dass ich nicht tot war. Meine Rolle als Unterhändler war zwiespältig. Oft musste ich mich mit aller Härte zur Räson rufen: Ich hatte mich entschieden, Diplomat zu werden. Was ich machte, war weder gut noch böse, es war mein Beruf. Ohne mich hätte es sicher schon mehr Tote gegeben.

Diesen Dämon zu zähmen war ausgesprochen schwierig. Als ungemein hilfreich erwies sich dabei ein einzigartiges Über-Ich, das mit der Stimme Großpapas, des Generals, zu mir sprach: »Solche Bedenken sind deiner unwürdig.«

Die *palabres* begannen nun fast jedes Mal mit der Frage:

»Wissen Sie etwas über die Pläne der belgischen Armee, Herr Konsul?«

»Ich habe keinerlei Informationen.«

»Hatten Sie Kontakt zu Ihrem Ministerium?«

Bloß nicht in die Falle tappen! Schon einmal war

ich so dumm gewesen, darauf zu antworten: »Das haben Sie mich schon tausendmal gefragt, dabei wissen Sie doch genau, dass …« Das hätte mir eine gnadenlose Tracht Prügel eingebracht. Mit der Zeit hatte ich begriffen, dass ihr Vorgehen bei solchen Verhören von einer ganz bestimmten Rhetorik abhing und damit von einer eigenen Version der Welt.

Die Zeit hier gehorchte nicht der allgemeinen Logik. Die Absicht von gestern betraf nur das Gestern. Einer meiner Gefährten hatte es geschafft, nachts ein Radiogerät zu basteln. Das war eine fixe Idee der Rebellen. Auf der Suche nach einem eingebildeten Sender stellten sie regelmäßig alles auf den Kopf. Einmal überraschten sie eine alte Dame in einem Hotelzimmer, als sie gerade versuchte, die Klimaanlage einzustellen. Ich kam gerade noch rechtzeitig, um zu verhindern, dass sie sie töteten. Sie hielten sie für eine Hexe, die Geheimsender fabrizierte.

»Seit vier Monaten hatte ich keinerlei Kontakt zum Ministerium.«

»Wann werden Sie mit Belgien in Verbindung treten?«

»Das weiß ich nicht.«

»Was werden Sie Ihren Vorgesetzten sagen, wenn Sie Kontakt zu ihnen haben?«

Die Frage enthielt so viele Fallstricke, dass es von großer Bedeutung war, sie schlicht und einfach zu umgehen. Ich wurde ein Meister in der Kunst der Vermeidung.

Irgendwann gingen ihnen meine ausweichenden Antworten auf die Nerven, und sie steckten mich für neun Tage in den Arrest. Das war für mich die schlimmste Strafe von allen. Einsamkeit warf mich stets in die Tristesse meiner Kindheit zurück. Da waren mir die Aufregungen und Ängste in der vollgestopften Lobby bei Weitem lieber.

In meiner Zelle gab es eine Matratze. Zunächst hielt ich das für eine Vergünstigung, da ich wie die anderen seit Wochen auf dem Boden schlief. Doch die Desillusionierung folgte auf dem Fuße: Die Matratze stank unvorstellbar. Fest entschlossen, meine Klausur für eine Schlafkur zu nutzen, legte ich mich also auf den Boden. Die Ratten brachten mich schnell davon ab. Da begriff ich erst den Grund für die widerlichen Ausdünstungen der Matratze: Als besondere Aufmerksamkeit hatte man sie mit einem so starken Schädlingsvertilgungsmittel eingesprüht, dass ich mich fragte, ob ich nicht vielleicht auch auf der Liste des auszurottenden Ungeziefers stand.

Trotzdem legte ich mich dann doch auf die Matratze und konzentrierte mich auf eine extrem schwierige Aufgabe: den Geruchssinn auszuschalten und eher den Tastsinn einzusetzen. Nach zwei Tagen nahm ich den Gestank gar nicht mehr wahr. Meine Position als Unterhändler hatte mich so in Anspruch genommen, dass ich viel zu wenig geschlafen hatte. Also schlief ich die ganze Zeit und wachte nur zum Essen auf, das ich möglichst schnell verschlang, damit die Ratten nichts davon abbekamen.

Als ich entlassen wurde, freute ich mich auf das Wiedersehen mit den Rebellen fast so sehr wie auf das mit den Geiseln. Was für ein Glück, Menschen zu treffen, mit ihnen zu sprechen! Nie würde ich mir erlauben, Sartre und seinem »Die Hölle, das sind die anderen« zu widersprechen, ich glaube nur einfach, dass mir die Hölle gefiel.

So billig kam ich aber nicht davon. Während der folgenden *palabres* befragten mich die Rebellen:

»In den neun Tagen Isolation hatten Sie genug Zeit, um nachzudenken. Welche Haltung hat also Ihre Regierung gegenüber unserer Volksrepublik?«

»In der Zelle hatte ich kaum Gelegenheit, mich zu informieren!«

»Sind Sie der Konsul von Belgien, ja oder nein?«

Die *palabres* entwickelten sich ungünstig. Der Tenor meiner Einlassungen reizte meine Gesprächspartner bis aufs Blut. Schließlich gab der

Wortführer den schicksalhaften Befehl: »Bringt ihn zum Denkmal!«

Ich wusste, was das bedeutete. Ich würde der Ehre teilhaftig, vor dem Lumumba-Denkmal exekutiert zu werden, wie jene Rebellen, die sich ihre Erschießung verdient hatten.

Nun kann ich wieder im Präsens sprechen. Wie lange stehe ich diesen zwölf Männern schon gegenüber? Ich bin so außer mir, dass mir das Gefühl für die Dauer abhandenkommt. Ich tue auch etwas dafür, ich trage zum Abhandenkommen bei. Und je schwächer es wird, desto stärker erfasst mich der Taumel des unmittelbar Bevorstehenden. Es gibt keine stärkere Empfindung. Von einem Sekundenbruchteil zum nächsten werde ich tot sein, in mir wüten Grauen und Ungeduld. Der Tod ist Achill, ich bin die Schildkröte: Seit einer Ewigkeit erwarte ich den Tod. Wird er mich einholen?

Eben noch habe ich bedauert, so gesund zu sterben. Jetzt finde ich es gut. So kann ich den Tod bis zum Ende durchleben, ihn in der Blüte meiner Jugend annehmen. Endlich habe ich den erhofften Zustand erreicht: Akzeptanz. Besser: Schicksalsliebe. Ich liebe das, was mir geschieht. Ich liebe sogar mein absolutes Unwissen. Ist das nicht der wahre Weg, in den Tod zu gehen?

Ich höre einen Motor brummen und Reifen quietschen.

»Schluss damit!«

Das ist Gbenyes Stimme.

»Der Mann wird nicht erschossen.«

Ich begreife, dass dieses Machtwort mir gilt. Ein leises Bedauern streift mich: Ich war bereit, und ich weiß nicht, ob ich jemals wieder genauso bereit sein werde.

Im nächsten Moment durchströmt mich eine Freude ohnegleichen. Sie ist so stark, dass ich vergesse, mich zu schämen. Ich bin lebendig und werde es bleiben. Für wie lange? Zwei Minuten, zwei Stunden, fünfzig Jahre? Ich schwöre, das tut nichts zur Sache. So muss man leben. Hoffentlich bleibt mir dieses Bewusstsein für immer erhalten.

Gbenye kommt beschwingt auf mich zu.

»Wie geht es Ihnen, Herr Konsul?«

»Sehr gut, Herr Präsident.«

»Wie fanden Sie unseren kleinen Scherz?«

»Sie haben einen außergewöhnlichen Sinn für Humor.«

Gbenye überlegt, womit er mich womöglich noch mehr treffen könnte. Schließlich fällt ihm etwas ein.

»Haben Sie Kinder, Herr Konsul?«

»Ja, Herr Präsident.«

»Wie viele? Und wie heißen sie?«

»Einen zweijährigen Jungen, André, und ein neugeborenes Mädchen, Juliette.«

»Wollen Sie noch ein drittes Kind?«

»Das wird von Ihnen abhängen, Herr Präsident.«

Epilog

Im Morgengrauen des 24. November 1964 landeten belgische Fallschirmspringer in Stanleyville. Die Geiseln hatten diesen Moment so heftig ersehnt wie gefürchtet. Die Rebellen holten sie aus dem Hotel und trieben sie zusammen. Auf ein Signal hin begannen sie zu schießen.

Jeder war auf sich allein gestellt. Die Geiseln flohen, so weit sie konnten. Trotz des Blutbads wurde Patrick Nothomb nicht ohnmächtig – der Überlebenswille ist nicht zu unterschätzen. Wie neun von zehn Geiseln zählte er zu den Überlebenden.

Anmerkung der Autorin

Ein Buch meines Vaters, Patrick Nothomb, erschien 1993 bei Éditions Racine und wurde 2007 vom Brüsseler Verlag Éditions Masoin neu aufgelegt. Es trägt den Titel *Dans Stanleyville.*